On l'appelle le jour des amours

Ophélie Grevet

On l'appelle le jour des amours

Ophélie Grevet

Édition : BoD – Books on Demand, info@bod.fr
Impression : BoD – Books on Demand, In de Tarpen 42,
Norderstedt (Allemagne)
Impression à la demande

ISBN : 978-2-3224-6157-8

Dépôt légal : Decembre 2022

Arc-en-ciel

C'était l'heure où la nuit fait gémir les montagnes
Les rochers noirs craquaient du pas des animaux,
Les oiseaux s'envolaient des sinistres campagnes
Pour approcher la mer, un meilleur horizon.
Le diable poursuivait un poète en ce temps.

Max Jacob, Le Laboratoire central, p.165, Poésie/Gallimard

Pan et la Syrinx

O friselis alisé, baisers d'ailes, paraphes de rumeurs, éventails pulvérisant en chœur un jet d'eau au fond des parcs d'Armide, mouchoirs de fées froissés, le silence qui rêve tout haut, éponge passée sur toute poésie…
Et cela chuchote miséricordieusement : « Vite, vite, ami, c'est son âme qui passe en ces roseaux que tu tiens ! »

Jules Laforgue, Moralités légendaires, p.169-170, P.O.L

Georges Rouault…
la peinture pour sacerdoce

À l'occasion du cinquantième anniversaire de la disparition de Georges Rouault, la pinacothèque de Paris présente les chefs-d'œuvre de la collection japonaise Idemitsu. Un parcours volontairement littéraire et poétique, autour d'une sélection de 70 œuvres du maître.

En marge du Fauvisme, Georges Rouault est resté l'un des artistes les plus singuliers du siècle dernier. La peinture est son credo. Sans elle, point de salut, de respiration au quotidien.

Rouault nous a souvent livré le secret de sa recherche picturale : « *Forme, couleur, harmonie* » ; il le clame, l'écrit, le peint. La collection Idemitsu propose une série de portraits, Onésine, Rosine, Yoko... des gouaches sur carton, qui se laissent admirer comme des sculptures. Des huiles, surtout, patinées par le temps et la macération de la matière vivante du carton-buvard. S'imprégner au jour le jour... voilà, pour la forme. Une forme, née de l'observation de la vie et du geste, incessamment répété.

Or, d'un salon à l'autre, dans cette exposition, ce qui frappe, étonne, séduit, et donne passablement le tournis, porte un nom enchanteur : la couleur.

Alors, on s'en met plein les mirettes...

Les toiles attirent les visiteurs de près, tout près.

C'est à qui les dévorera des yeux !

Puis on s'attarde un peu...

« *Le clown de face* » de 1939 a l'air de dégringoler du ciel, tant il porte sur sa figure toutes sortes de bleus célestes.

« *La Reine de cirque ou de Saba, Madame X, l'Orientale* »... ou comment, ici ou là, l'expression prend sa source dans une polychromie envoûtante, inexorablement cernée de noir, et comme retenue par l'âme du plomb et le ruban de cuivre du verrier. Entre griserie de la couleur et aspiration à l'harmonie, on retrouve dans l'œuvre de Rouault l'influence de sa période d'apprentissage comme verrier d'Art.

Pour l'artiste, le sacré courtise le profane. Et même, si trop souvent la critique s'accorde à le ranger dans le tiroir des peintres religieux, n'oublions pas ses représentations sensibles et picturales de la misère et du peuple des faubourgs.

Des thèmes, nés au cœur de la vie, qui le rapprocheront de Léon Bloy et du couple Jacques et Raïssa Maritain. Bien que chrétien, Georges Rouault refuse de juger ses semblables. La compassion l'anime, l'injustice le révolte. Il illustre « *Les Fleurs du mal* » de Baudelaire ou « *La femme pauvre* » de Léon Bloy, ses goûts le poussent également à admirer Verlaine, un autre poète en quête de Vérité.

Face à ces masses et lignes en aplats, à ces traces de peinture épaisse, à ces visages de clowns, à ces juges et prostituées portant masques d'icônes, on retiendra peut-être ces simples mots de l'artiste :
« Il n'y a pas d'art sacré. Il y a l'art tout court et c'est assez pour remplir une vie. »

L'art tout court... la formule va à l'essentiel. Une expression directe, solide et sans fioriture, pour dire la Vie et l'amour de l'homme, tout simplement.

L'exposition Georges Rouault s'est tenue à la pinacothèque de Paris, en 2008.

Les fleurs de Jean Fautrier

Si la lampe de l'atelier s'éteint,
Il ne faudra pas jeter les fleurs
Et l'eau du vase japonais,
On dira juste que j'ai tourné la page.

Le dire avec des fleurs comme Fautrier,
Le dire avec du bleu à outrance,
Outre-mer sous le ventre des poissons,
Et sur le toit d'une abbaye, bleu ciel.

Les petits personnages
de Laurence Stephen Lowry

La ville selon Lowry…
Criarde, industrielle. Bruyante. Polluante. Et, vacharde, pour beaucoup. Une révolution pour les usiniers. Un cache-misère pour les travailleurs, femmes, enfants, hommes, vieillards.

> L'aube, froidement, écarte ses deux bras.
> Solennelle, elle montre le chemin.

Là, dans une rue montante, le peintre pose son chevalet. Suie, sirènes, fumées, entrées, sorties d'usine, briques rouges, ouvriers à la chaîne, répétitions du même geste, douze heures d'affilée, corbillard du pauvre filant vers sa dernière demeure, fosse commune sous la neige, les jours pâlissent, ils s'effacent en tremblotant. Un chien court après sa silhouette gigantesque sous le bec de gaz. On flanque grand-mère dans un landau pour pas qu'elle s'ennuie. Elle se promène comme à vingt ans, regarde !

Scènes de la vie ouvrière, le pinceau danse. Gris, noirs, informes… issus du *Monde d'hier*, les petits personnages de Laurence Stephen Lowry reviennent dans ses toiles comme des bouffées d'êtres et d'humanité.

Le Monde d'hier de Stefan Zweig

La ligne bleue de Georges Papazoff

Georges Papazoff est né en 1894 en Bulgarie, il décédera à Vence en 1972. Peintre et poète, son univers est discret, aérien, coloré, le plus souvent connecté avec l'art de la douceur.

Un artiste qui titre l'un de ses livres « Pascin... Pascin... c'est moi ! » ne peut qu'éveiller la curiosité et la sympathie. Notons cependant que l'ouvrage, rare et recherché par les collectionneurs, ne se trouve qu'à prix d'or.

Lorsque Georges Papazoff débarque à Paris, en 1924, il côtoie Picasso, se lie avec André Derain, Max Ernst, Georges Malkine, Joan Miro. Il refuse d'être assimilé au Surréalisme, préférant suivre sa route artistique, en solitaire.

Qui pense Papazoff, dit tableau sable...

Une méthode de travail personnel, où l'artiste mélange colle et sable justement, pour obtenir de la toile un granulé autre, une surface moins plane.

Si vous voulez croire au retour du *Bleu du ciel*, relisez Georges Bataille, sauvez-vous en Espagne ou, plus simplement, plongez-vous avec bonheur dans un tableau de Papazoff. Et puis, ouvrez les yeux !

Loïc Raguénès... psalmodies in blue

L'artiste dijonnais, Loïc Raguénès, expose dans une galerie parisienne toute une série de dessins et une grande toile intitulée : « *Natation synchronisée.* »

Détails d'une œuvre en aqua-tinta, à mi-chemin entre figuration et abstraction. De loin, de près, en biais... quel que soit l'angle observé du tableau, Loïc Raguénès nous plonge dans une esthétique de la quadrature du point. Soit, une visitation douce, intemporelle de l'image, vite renversée par l'exploration « in visu » de la notion de mémoire et de regard.

Voir plutôt qu'être vu. Saisir l'inconnu sous la trame photographique, se chercher au-dehors, en elles... Par petites touches, ses pieuvres et ses nageuses de ballets aquatiques à la Esther Williams forcent la paroi liquide de la « mécanique ondulatoire », comme pour échapper à une quelconque posture limitrophe. Pressentie par Louis de Broglie, la dualité ondes et corpuscules vient, comme à point nommé, refléter la lutte des formes et du Temps. Le point devient l'entité génératrice. Il vise à épurer l'œil de l'imago mort-née, à transmuer le réel d'une génération globulaire en flaques d'onirisme ; l'iris peut psalmodier ses antiques badigeons, le motif référent étant appelé à se fondre, à disparaître dans le creuset d'une seule couleur.

Phosphorescence... Nos pupilles vont chantant sur les monochromes de Loïc Raguénès. Du graphisme initial surgit l'inaperçu. Une image, tout simplement, que l'artiste s'efforce de transposer, estomper, démythifier, pour n'en conserver que la quintessence. Couleur qui courtise la blancheur... tons laiteux, soyeux, en sommeil presque. Au-delà de la trame de ses toiles travaillées en filigrane, le sfumato semble obtenu au nœud de Sehna.

Plus proche des orbes et des ellipses que des surfaces planes, Loïc Raguénès nous entraîne dans le tracé d'une création aux confins d'un monde intemporel. D'où, peut-être, cette soif inextinguible de réconciliation entre vie moderne et spirituelle. Ici, l'artiste trouve sa vision... une création, où toute conception figurative se minéralise, se déforme au profit d'une écriture sériale et sensitive.

Une question se détache de cette exposition : quelle résistance apporter au sacre du vide de nos sociétés ? L'inanité y multiplie ses chuchotements. L'azur lui-même peut se montrer distant, qu'importe... Le printemps exorcise ses mélodies flottantes, et l'exposition de Loïc Raguénès, actionne la mise à flot d'une petite horloge intérieure... un peu comme le bruit lent et rond, d'un arc-boutant en perpétuel mouvement.

Itinéraire : Loïc Raguénès vit et travaille à Dijon. Après des études aux Beaux-Arts de Besançon, puis de Nîmes, il multiplie les expositions.

Plouf ... et french gant-gant !

Sauvons la planète ! Un jour, l'eau viendra à manquer, comme tout le reste ; alors, d'ici là, retrouvons quelques doux réflexes d'antan. Après, le bon usage de la brosse à dents, sous le robinet, entre deux gouttes... Vive le gant de toilette !

Pas question de bassiner les foules, il fait trop froid dans les chaumières et dans les cœurs. Au petit jour, les rêves se font la malle. Café bouillu, café foutu... Dans la salle de bains, on gèle. Un premier réflexe, se faufiler sous la douche et laisser couler l'eau chaude. La pomme envoie de la buée, réchauffement. Des m3 d'eau partent dans les canalisations, et la peau se ramollit. L'épiderme frétille un peu, pas lustré, pas frotté, non, gentiment attendri. Il ressemble à une viande plongée au bain-marie, juste avant la cuisson, façon dinde de Noël.

Économie d'énergie. Lavage, chauffage, ampoules. Préparez vos mouchoirs, c'est la crise ! Autant dire, la french restriction : bouts de chandelles, crottin de cheval, et saindoux à tartiner, comme au bon vieux temps. En ce temps-là, on se lavait chichement et on ne puait pas pour autant. Une cuvette, de l'eau chaude dans un broc, un morceau de savon, un gant de toilette ; et le tour était joué !

Ah, le gant de toilette ! Et son lavage à l'ancienne.

Il va dans tous les coins, nettoie les creux d'oreilles, astique à fond la peau, efface la crasse tout autour du cou. On le laisse flotter dans l'eau savonneuse, il se gonfle de liquide comme un ballon. Sous les aisselles, il chatouille un peu. Et quelque part... entre les fesses, le triangle d'Ada ou la queue de cerise, il lustre le minimum, redonnant à l'entrecuisse toute sa clarté. De l'ardeur, pour un résultat au poil. L'épiderme brille, comme un sou neuf. Pour les extrémités, le mouvement s'accélère. On jette le gant et on ne lambine plus. Se récurer les pieds exige peu d'efforts, puisqu'on peut les tremper dans l'eau sale et refroidie, sans rincer la bassine. Encore un peu de courage... On tient la pose, une minute, jambe en l'air ; puis, la serviette essuie toutes traces de savon.

Premier juron du matin... en direction de l'empreinte d'un pied mouillé sur le parquet. Au sol, on dirait une mare.

Ici, les souvenirs affluent.

Flots d'impressions lointaines... Dans les chambres de bonnes, pas d'eau courante, juste une cuvette. Les ablutions, c'est chacun son tour, sur le palier.

Au numéro 6 de la rue Joseph Bara, l'escalier de service travaille les mollets et creuse l'estomac.

Au musée, les Montparnos !

Quelques décennies plus tôt, dans leurs ateliers, au 3 de la même rue, Moïse Kisling et Julius Pascin ne songeaient qu'à peindre. Paysages, modèles... et femme aimée, follement. L'éternité dans ses bras nus, loin d'ici. Entre deux escapades, Julius dédicaçait une aquarelle à Lucie.

Se laver le bas...

L'expression s'entend de moins en moins. Dommage. On la retrouve pourtant en chair et en os, chez Toulouse-Lautrec. Son modèle à la cuvette lève la chemise et nous en fiche plein la vue.

Gaspillage...

N'empêche qu'on ne se lavera plus jamais, aussi joliment. Dans l'affolement, ne pas oublier l'eau de Cologne... touche finale de la toilette rétro. Après le débarbouillage, sa fraîcheur donne aux joues des grands-parents un parfum de lavande et d'habits du dimanche. Fragrance des jours heureux, des goûters au pain confiture et des châtaignes dans la cheminée. Allons bon, douche, baignoire, ruisseau, fontaine ou gant de toilette, on ne badine pas avec la santé, l'avenir de l'humanité. The french gant-gant revient. Plus d'eau, mais sauve qui pleut. Que tous les grands gaspilleurs d'or bleu ne se bilent pas… qu'ils ne cèdent point à la panique, la crasse conserve !

Corps à corps… de Claude Duvauchelle

On pousse la porte d'une galerie à Montmartre, on entre et on découvre le travail d'un artiste.

Le corps en mille poses, variations, dislocations, paraît comme le schème récurrent d'un chant pictural autour de la souffrance humaine. Face à face, dépouillement, on se fige. Peu à peu, l'étourdissement s'évanouit ; les yeux s'habituent lentement à la mise en orbite d'expressions diverses et variées de l'anatomie, dans un univers autre, que le Musée de l'homme. Perspective, mouvement, proportions, Claude Duvauchelle explore en cartographe l'écartèlement des chairs, allégorie sans équivoque du délabrement programmé du monde actuel.

L'homme… face au gouffre d'une machine molle *

Dans ce cut-up pictural, les visages n'ont plus droit de Cité. Le corps seul mène la danse. Où va-t-il ? Où régresse-t-il ? Tout os, tout muscle le malmené a perdu sa tête. Il s'égare dans l'interzone, lieu de perdition éternelle, courant vers sa destruction. Quand la raison fléchit, le corps parle encore. Il donne à voir les strates souches de sa douleur.

La machine molle, de William S Burroughs.

16

Les peintres de la Renaissance italienne ont accumulé une divine maestria dans la représentation de la souffrance humaine, tout artiste de l'époque ne possédait guère d'autre choix que d'osciller entre le profane et le sacré.

Passions, vanités, lamentations, l'homme se prend les pieds dans les cintres de la gloire ; chaussé de semelles d'acier, il perd son équilibre et toute grâce. Son théâtre n'est que pouvoir, naufrage, cruauté.

L'artiste nous renvoie à nos défaillances, psyché montrant la vie emberlificotée dans un manque d'amour et de compassion qui détruira, engloutira, dévorera la terre, comme Saturne ses enfants.

Les paupières de l'âme peuvent-elles encore croiser un visage où s'incarner ?

Claude Duvauchelle travaille à l'acrylique sur toile, papier marouflé, il dessine, sculpte des matières bien à lui, secrètes.

Si son parcours artistique nous éclaire sur ses « *corps à corps* », il n'hésite pas à revenir sur les sources de son inspiration :

— J'ai séjourné longtemps en Italie et suivi des cours à l'école des Beaux Arts de Brera, près de Milan. Les peintres de la Renaissance me passionnent.

Toutes ces œuvres de crucifixions, de martyrs, m'ont fortement et durablement impressionné. On mettait en croix un homme. Le symbole de la croix est violent, mais aujourd'hui que fait-on ? La violence est omniprésente dans notre monde.

Sculptures et livres-portraits parachèvent une exposition qu'il faut découvrir.

Claude Duvauchelle, un artiste du sens, à suivre…

La ballade de Martin Martinson

Il faut lire Harry Martinson l'hiver...
cette saison lui ressemble.

Une sensibilité d'écorché vif, un contact grandiose
avec la nature et une petite musique, celle de Martin,
personnage principal de son ouvrage autobiographique
« Même les orties fleurissent » qui donne les larmes aux
yeux.

Les rêves appartiennent à tout le monde, au pauvre
comme au riche. Le jeune Martin, enfant placé chez
des paysans, n'a pas tiré le gros lot. Ses journées
s'annoncent rudes. Sans joie ni tendresse. Pour tenir le
coup, il garde tout au fond de lui un rêve secret, revoir
et retrouver sa mère qui est partie en Amérique.

Au début du siècle dernier, la Suède avait trouvé un
moyen assez expéditif de s'occuper des orphelins. Ces
gamins appartenaient au conseil communal, on les
disséminait un peu partout dans la campagne,
moyennant une petite rétribution accordée aux
familles d'accueil.

Les fermiers les plus misérables se portaient
volontiers candidats à l'accueil des enfants ; avec
l'argent récolté, ils pouvaient améliorer l'ordinaire.

Se procurer du pain, du vin, du saindoux, une nécessité quotidienne. Bras en sus, labeur gratis, le placement provisoire marchait comme sur des roulettes, il fonctionnait en toute légalité. Pour la plupart des fermiers, l'enfance orpheline, représentait une manne tombée du ciel ! Devenu pupille de la commune à la mort de son père, ballotté comme un sac de grain, à droite et à gauche, chez des paysans frustes et peu instruits, le jeune Martin sera employé comme domestique dans plusieurs familles. Il vivra comme une bête de somme et dans une misère noire. En ce temps-là, dans les campagnes, la peau d'un orphelin vaut dix fois moins que celle d'une vache. Avec ses plaies ouvertes sur les membres et ses marques de coups dans le dos, elle ressemble à une vie de chien, autant dire qu'elle ne signifie rien. Surmontant les violences, les brimades, et le manque affectif, l'enfant Martin trouvera le moyen de s'évader, de ravaler ses larmes, par la lecture.

Les livres sauveront le jeune garçon...

Ils vont l'aider à vivre, à grandir, à se construire. Harry Martinson, en lisant son ouvrage, j'ai découvert un auteur suédois (*prix Nobel de Littérature en 1974)* et ressenti dans ses orties, le parfum délicat des roses blanches.

On l'appelle le jour des amours

Les trois V... comme vagues.

Jour de la Saint-Valentin, avec le grand V de l'amour.

Célébré avec des fleurs fraîches ou des cœurs en plastique, le platine étant hors de prix. « On s'aimera toujours... mon amour, mon amour, » entonne un beau marinier à sa poupée sucrée, en sifflant sa Carlsberg comme de l'Alka-Seltzer. Après une semaine de biture, sa tignasse sent le houblon. Pour Édith, c'est de la graine de marlou. Un jour pareil, faut bien s'amuser ! Chante, mon Valentino !

Au sortir de la rude époque victorienne, les femmes ont besoin de liberté. Écrire, peindre, voter, et se libérer du carcan masculin en sirotant du thé aromatisé à l'absinthe ou en tirant de rondes bouffées bleuâtres, de leurs fume-cigarettes en bakélite.

Ces messieurs n'en croient pas leurs yeux...

— Quelle mouche les pique ! Elles sont devenues folles, my lord !

Ils n'ont pas fini d'écarquiller leurs mirettes, cerclées de binocles dorés, le travail d'émancipation des femmes se révélant pour l'heure, uniquement dans les premiers jets d'un long fleuve bouillonnant aux bras multiples. Les principes de base d'un mouvement féministe se retrouvent ici ou là ; à bas, corsets, et autres ceintures cérébrales ! Les suffragettes lancent l'offensive.

Et, tandis que le sexe opposé ronge son frein, les trois V… Vita, Virginia et Violet n'en font plus qu'un pour une victoire.

Trois jeunes femmes, qui ont en commun l'amour de l'art et de la poésie, avant celui du mariage. Vies de patachon, souvent dramatiques ou tourmentées, les biographes aiment à fouiller dans leurs tiroirs secrets pour nous les présenter au féminin.

Or dans les années 20, l'acte de peindre ou d'écrire n'était réservé qu'à la gent masculine.

— Taquiner la muse, oui… Pourquoi pas ? C'est tout à fait gracieux, amusant ; mais écrire, écrire vraiment, développer des idées, un courant de pensée, vous n'y songez pas, très chère !

Virginia Woolf, Vita Sackville-West et Violet Tréfusis, pour ne citer que les trois V, ont su résister aux penchants spontanément réducteurs, intellectuellement parlant, de leur entourage. Elles ont chaussé leurs bottes de sept lieux pour arpenter le monde et se frotter à la vie de leur époque, sans épargner quiconque.

Cahier, buvard, stylo, tout le matériel est déposé à portée de manchon, comme une tasse de thé. Voyages au long cours, petits fours et fêtes des années folles, les fraîches épousées ont la bougeotte. Elles écrivent roman sur roman… et trouvent encore le temps de fabriquer des bouquets de fleurs des champs.

Virginia Woolf ne connaît qu'une escale, l'écriture.

Débordante de mots chrysalides, s'ouvrant l'un après l'autre sur la liberté d'être, elle se perdra dans Londres et le cœur féminin, à travers une journée de Mrs Dalloway.

Trois ans plus tard, elle dédiera son roman « Orlando » à celle qui l'inspira, Vita Sackville-West. Un livre sur l'absurdité des apparences hommes femmes, une traversée intemporelle, puisqu'en dedans de ceux qui s'aiment, à la folie, beaucoup ou passionnément, on entendra à jamais résonner un cœur qui bat.

En 1917, Guillaume Apollinaire chante l'abandon du domicile conjugal dans « Les mamelles de Tirésias »…

Changements, variations et loufoqueries, dans les jardins anglais on se promène avec une rose pour dire « je vous aime » à qui vous voulez.

Métamorphose, à vos lampes de lecture !

Un livre, en cadeau… ça peut durer toujours, toujours ! Et si vous tourniez les pages de « *La fascination de l'étang* » de Virginia Woolf. On reparlera de l'amour et de la littérature, à la prochaine Saint-Valentin !

Extrait d'une lettre de Vita à Virginia :

Téhéran 9 février 1927

Ma chérie,

je ne sais vraiment comment faire pour t'écrire, tout est si confus, si einsteinien, un état que je ne puis jamais espérer te communiquer, je n'essaierai donc pas. Quoi qu'il en soit, je suis là.
J'ai franchi ces montagnes familières et j'ai traversé cette familière plaine — et il m'a semblé, dès le début, que je n'en étais jamais partie. Mon esprit s'est adapté instantanément aux proportions et à la forme, à l'odeur et à la couleur, de la Perse ; comme si chaque pièce s'enclenchait dans son engrenage. De telle sorte que je ne sais plus si l'Angleterre elle-même ne semble être qu'un point sur la carte, uniquement peuplé de trois ou quatre personnages de taille normale, ce qui les fait paraître incongrûment vastes étant donné l'île minuscule sur laquelle se situe leur existence. Mais, à mon sens, c'est comme cela que les choses doivent être : les sites rapetissent, mais les humains sont stables.
Ta V.

Visages

Le roman « *Visages* » de Tove Ditlevsen nous plonge dans le quotidien d'un hôpital psychiatrique. Il nous propose de partager l'expérience, vécue de l'intérieur par Lise Munduns, auteure de livres pour enfants.

On tourne les pages, et les visages s'invitent. Tour à tour tristes, hideux, sournois, vulgaires, ils tombent de biais comme une pluie d'orage sur les toits de Copenhague. L'atmosphère s'alourdit, devient âpre.

L'écriture aérienne de Tove tisse au point de croix, le canevas de la folie. L'angoisse nous happe. Elle nous maintient sous l'eau, en apnée. Et ses multiples voix nous giflent.

Tuyaux. Gargouillis. Nourriture…

Le temps s'inverse, zigzague, va tout de travers.

Le monde extérieur se fige derrière une fenêtre, à jamais, verrouillée. Sur l'autel de la normalité, l'insuline et les électrochocs travaillent de concert. Les rêves d'avant empoussièrent les murs jaunes de sa cellule. En dedans, la souffrance de la trahison masculine perdure. L'esprit chavire, et le corps se met en mode résistance.

À la mi-mars, la paranoïa s'estompe et les portes de l'asile s'ouvrent…

Près d'un Juke-box, gonflé à bloc de rengaines populaires, Lise boit un whisky en compagnie de son époux volage. Peu à peu, le temps retrouve son horloge solaire. L'orage poisseux et dévastateur de la folie s'éloigne tandis que, comme un chasse-neige, le désir de créer repousse les ombres.

Que retenir d'une telle descente aux enfers ?

Que l'auteure savait jusqu'où son personnage pouvait aller. L'écriture pour Lise Munduns, représente les clefs de la guérison ! Elle reprend pied dans la réalité, ce lieu-dit, dépourvu de voix incontrôlables, a priori.

Lire « *Visages* » de Tove Ditlevsen… ou comment voir autrement ceux qui nous entourent, entre deux averses ?

EXTRAIT*

« Elle avait la permission d'aller aux toilettes dont la porte ne pouvait pas se verrouiller. Les autres patientes l'ouvraient et grommelaient des excuses quand elles voyaient qu'elle était là. Leur visage était une pleine lune toute blanche et Lise ne pouvait pas les différencier les uns des autres. »

***Visages, de Tove Ditlevsen** (éd. Stock)
Traduit du danois par Danièle Rosadoni.

Un drame à la minute

Le tableau *« Contemplation »* de Walter Firle montre une très jeune fille assise dans un fauteuil, devant une fenêtre.

Le front relevé vers le ciel, elle semble plongée dans d'interminables songeries. Les oreillers qui accueillent son dos et ses mains jointes sur l'étoffe blanche de son tablier laissent entendre qu'elle est souffrante. Maladie mortelle ou chagrin d'amour rongeant son cœur, ici, l'artiste nous incite à imaginer le pire.

Un drame ! À lui seul, le mot nous fait tressaillir. En temps normal, on l'associe à un fait-divers, à une soirée théâtrale, à un accident tragique. Mot isolé, perdu entre deux nouvelles sensationnelles dans une manchette de journaux, on n'y prête guère attention.

Ô, le malheur d'autrui nous concerne... mais, de loin.

Si Gustave Flaubert s'en saisit, il nous mitonne un chef-d'œuvre.

Le drame contemporain, lui, glisse sous nos doigts nerveux. Il nous choque, nous émeut, nous chagrine, momentanément. Entré par une oreille, il ressort de l'autre.

Ainsi va la vie !

Une pandémie surgit et, d'emblée, la terre tremble.
Le mot « virus » est lâché. On l'avait oublié, celui-là !

Cousin germain du mot « attentat », sa violence virologique peut toucher tout le monde, du plus faible au plus fort, du plus pauvre au plus puissant.

Au cœur de ce désastre actuel, les combattants de l'ombre, soignants et travailleurs exposés, voient la réalité en face. Ils plongent les mains dans le cambouis ; sans eux, la terre malade de la peste ne tournerait plus rond.

On n'applaudit pas la mort…

On se signe, on retire son chapeau, on prend les jambes à son cou !

Les anciens à la queue leu leu attendent de la visite.
Il faut bien que vieillesse se passe… enfermons là !

Apprenant le nombre des victimes, l'effroi nous oppresse… Les plus touchés ne disent rien. Ils sont seuls. Ils sont muets, et vieux. Les heures et les jours filent à rebours, n'en déplaise aux tragiques ! Tour de passe-passe administratif, une opération sélective s'effectue. Les plus abîmés, on les envoie au trou. Les plus valides gagnent une semaine de sursis.

Racine du mal, nerf de la guerre.

Bah, la vie ne vaut que ce qu'elle rapporte !
Le monde pressé capitalise.
Pertes et profits… Passons, muscade !

Contemplation… ou le songe d'une femme oubliée,
là-bas.

Constellée de taches brunes, la peau de ses mains a
vieilli. Ses cheveux grisonnent, ses joues sentent l'eau
de Cologne. Mais dans ses yeux… Par la fenêtre, les
premiers bourgeons font sourire le printemps.
Bonheur d'antan, le doux parfum des fleurs l'étourdit.
Sa bouche s'entrouvre sur un monologue intérieur.

Un filet d'air remue les rideaux en nylon.

L'impermanence flotte, libère un fantôme.

Réminiscence d'un baiser interminable, au goût de
framboise. Visage de l'amoureux qui en épousa une
autre, et pourtant… Savoir aimer ! Ses lèvres délicates
vermillonnent.

Voyons, ces choses-là ne s'apprennent pas.
Elles sont naturelles. On les vit, ou pas !

Souvenir d'amour, la prunelle myosotis pétille. On a
vingt ans, et d'un seul coup quatre-vingts, songe-t-elle.
Le grand âge me fragilise ; mes os craquent, s'effritent.

J'aimerais me changer en papillon, ne plus sentir mon corps. L'émotion ne me quitte pas. Des regrets, je n'en veux pas !

Les regrets sont vieux par nature.
« Non, rien de rien. Je ne regrette rien… »

Tu avais bien raison, Édith ! Toi, qui chantais l'amour comme personne. Clin d'œil au cadre de la môme Piaf, posé sur la table de nuit.

Un courant d'air surgit, il emporte la clef des songes.

— Fermez la fenêtre ! C'est l'heure de la soupe.
Surtout, prenez bien tous vos cachets !
Je viendrai chercher votre plateau à 18 h.
Bonne nuit…

Colonnes Morris dans les jardins des collectionneurs…

Et Paris défigurée !
Après ses bancs, ses gares, ses fontaines repeintes en gris, la capitale va souffrir esthétiquement d'une nouvelle lubie : la colonne Morris écolo.

On l'aimait bien notre vieille colonne, avec ses têtes d'affiche, ses couleurs criardes, son dôme verdâtre, et sa forme bien ronde qui faisait rêver le péquin promeneur. Publicité dans l'œil, théâtres et cinoches en belles lettres. L'affichage coûtait bonbon à ses abonnés, mais offrait une chouette contrepartie... ameuter les foules.

Oui, mais, tout change…

La Mairie de Paris, sous la pression de ses empereurs de l'écologie, en a décidé autrement. Côté colonne, on aura un avant et un après. Le chic parisien a rendez-vous avec le laid, le banal, le grossier. Les peintres du temps jadis sont remisés dans les placards du passé révolu.

Les rêveurs, au cimetière. Les Parisiens à la lanterne ! Le mauvais goût, c'est comme un tsunami… une fois embarqué dans les grands fonds marins, plus rien ne l'arrête.

Disserter des heures durant sur le sujet triste et navrant d'une capitale sans âme et de plus en plus défigurée, ne sert à rien. Les dés sont jetés. Ils ont empoché les clés de la Commune ; à eux donc, le plaisir de nous empoisonner notre atmosphère.

Une réplique, au passage, me démange les doigts : « Atmosphère, atmosphère… est-ce que j'ai une gueule d'atmosphère ? »

— Dis, Eugène, t'en penses quoi des colonnes Morris aux algues ?

— Oh, moi… Pauvre Dabit, y'a belle lurette que j'ai largué les amarres.

N'empêche que Paris sans colonne, c'est Venise sans gondole !

Eh vous, empereurs d'une cité morte, puisque vous vous souciez tant de nos poumons malades et de nos yeux de merlans frits, qu'attendez-vous pour déboulonner la colonne Vendôme !

La Concorde, mes amis, on s'assoit dessus ! Un symbole de plus ou de moins, qu'est-ce que ça change ? Avec juste un bémol. Tout passe. Cœur rouge du coquelicot écrasé ou colonne brisée aujourd'hui, ciel bleu demain ! Va savoir…

Press on my mind

Batterie en charge...
Pour redémarrer
Le robot boit un doigt
de liqueur à la framboise.

Système on.
Embrassades.
Amours mortes,
Jour blanc.

La fabrique à robots
Livre en boutons
Ses personnages,
Ses fraises des bois,
Son jeu de piste,
L'embrouillamini,
Sa forêt mécanique,
Son court-circuit
Et, ainsi de suite...

Et hop… plus de nénuphar !

Nénuphar… un mot esthétique, à peindre, à emporter dans la poche de son tablier, à déplier en secret, avant de le montrer comme un trésor aux autres écoliers.

En l'écrivant classiquement, avec son « ph », justement, on songe aux nymphéas de Claude Monet, aux bassins enchantés, au salpêtre du grenier qui tombe dans l'encrier, aux couleurs gaies du printemps, à son origine, à son étrangeté, à sa fantaisie, à quantité de phonèmes qui s'y rapportent.

Le nénuphar, c'est fini !

Désormais, il faudra l'écrire ainsi : *« nénufar. »* L'école change l'orthographe ; elle la simplifie, la banalise, la rabote, lui donne l'allure d'une écriture aseptisée, robotisée, mécanique, propre aux « textomanes » et autres « tabloïonomanes. »

J'entends d'ici le cri stupéfait de Virginia Woolf…

— Que devient le « Phare » ?

Mystère et boule de gomme ! Nul doute que la Promenade de l'auteure, en compagnie de Miss Dalloway, sera écourtée…

— Mignonne, allons voir au fare si j'y suis.

Jour après jour, on nous la baille belle, avec des annonces éducatives prétendument tournées vers ces chères têtes blondes qui se révéleraient incapables d'assimiler la langue française. On supprime l'accent circonflexe, on rafraîchit les voyelles en leur retirant leur chapeau chinois... Or, phonétiquement, l'accent mis sur une tâche (*tââ... che*) à accomplir n'est sensiblement pas le même que la tache ou l'énorme pâté qui souillera à jamais la copie d'un employé de ministère, terriblement déprimé à force de plonger sa plume dans l'encre blanchâtre de l'ennui.

Le chant des chants

18 h 30. Théâtre de l'Odéon. Trouées. Percées. Altérité. Des corridors, des murs élevés, surélevés, des murs enduits d'histoire et de miel. Une aile du théâtre s'empanache de curieux. Le va-et-vient de l'ouvreuse. L'attente...

18 h 45. Une assemblée de spectateurs a été dispersée dans une salle de théâtre qui n'en est pas une. Ici, pas de rampe pour obvier à la gêne du public. Ici, pas moyen de se refermer dans sa coquille. Ici, pas de recul. Le face à face est prégnant. Offrande.

Le texte remue les tripes. Amplitude.

Il s'envole de la poitrine d'un acteur comme un cri d'amour. Sa voix monte en crescendo. Osmose.

Un texte nu résonne dans une salle-corridor du théâtre de l'Odéon, bien au-delà des murs et des pensées de baudruche. Percées. Trouées. Croisées. « Le Chant des chants » est aussi chant du monde. Vocalises de l'Amour. Trilles de l'Oiseau bleu. Harmonie à explorer comme forêt enchantée. L'émotion devient tempête, bourrasque et délivrance. La beauté terrorise. Offerte, elle déverrouille l'angoisse, affole l'âme et le cœur.

La beauté réfute les non-dits. L'émotion se voit. Elle chante à l'œil nu, et c'est souvent un crime que de vouloir la partager.

Alors, on reste là, sagement assis, sagement immobile, sagement installé, comme empalé sur une petite chaise de jardin et, du bout des lèvres, on se parle à soi-même.

— Qui suis-je dans cet espace ? Un temps à combler dans le regard de l'autre... Un temps de révolte écumante. Un temps de solitude à partager ? Justement, les heures ne font plus illusion et le partage n'existe pas. J'avance avec incertitude en côtoyant des ombres et pense à tout, sauf à vous ou à moi.

Car je suis zone, zone, zone...
Je suis erreur, errance, érection, érubescence.

Je suis poisson en pantalon. Rouge en naissant, vert en exil, bleu au théâtre, et gris dans votre assiette.

Double de moi, je peaufine ma solitude.

Autrui et la Cruauté. Un tocsin beugle et l'Homme court à l'abattoir comme une bête. Guigne. Poisse. Mélasse. Malédiction. Artaud, le Mômo, crie à la folie dans un asile. Donnez-moi un crayon, pas une camisole de force. La Barbarie ne fait jamais relâche, vous le savez bien.

Le Mômo trépane les dialogues, flagelle les légendes, dépiaute les balbuties de Carnaval. Entrez, mesdames et messieurs, le Théâtre ne compte plus ses maux, mais il vit !

Le Théâtre vit de voir...
Vit, d'exister. Vit, d'aimer.

Éros, lui, ne manque aucun combat. Drame à décortiquer en place publique. Comédia à consoler, côté cour. Corrida à culbuter, côté jardin. Bigre, quelle ambiance ! Le plaisir luit à son point culminant. La liesse se lit sur tous les faciès. La joie détend les muscles abdominaux et laisse couler sa volupté des ombilics. Des feux de Bengale festonnent les murs de la vieille ville. De loin, la cité illuminée ressemble à une robe de mariée. Des buildings flambent comme des candélabres à l'acmé de l'histoire du monde. Et, tout au long du fleuve à la crasse étale, Arlequin se désole comme un écolier.

— Impossible de courir en brodequins noirs. Mes pieds sont en bouillie et la foule m'asphyxie.

Arlequin se croit perdu. Il se sent las. Oh, si la, si do... Mais la vie a plus d'un tour dans son sac et le chanteur d'Opéra d'autres manèges à faire tourner. Un tailleur passe. Arlequin saute sur le vendeur de pelisses, échange un frac contre un pochon de billes et crie au premier travesti venu :

— Fouette, cocher... À Bayreuth, et plus vite que ça ! À nous, les rondes, les lustres, les sortilèges et tous les simulacres.

Deux fous s'étreignent dans une allée de confettis. Le monde grouille de loups, de capuches, de dominos. Un phaéton démarre sur les chapeaux de roues et Colombine cherche sa moitié en claudiquant.

Post-scriptum :
prière de me rêver en poste restante.

La foule enfle. Les clameurs s'amplifient. Le Chant des chants a du blues dans la gorge. Son Cantique poudroie dans la brume comme un banc de sable malgache au petit jour. On dirait un rêve.

— Vous racontez des bobards !
Les rêves n'existent pas…

— Si ! Il faut me croire.
Tenez, si je ferme les yeux, tout s'efface. Mais, sitôt ouverts... comme maintenant... Oh, ça recommence. Je vois... je vois un vieux sage. Il barbote après la jeunesse dans un océan de masques. Il fait le canard et semble très heureux. Et là... là-bas, sur le pont des Arts, un idéaliste s'agite. Il n'arrête pas d'aller et venir. Ses idéaux le font sûrement tourner en bourrique. Cet homme se noie dans ses tourments comme un moustique dans une timbale. Et, si nous allions lui parler. Attendez ! Un chien vient vers lui. C'est

incroyable, ils chahutent, s'embrassent, se parlent à l'oreille. Les voilà qui partent ensemble, à présent. Ils vont vers l'Institut. Ah, zut... Ils ont disparu. Je ne les vois plus, et pourtant mes yeux sont ouverts.

— Éros batifole, ma mie. Pour trouver nonosse ou chaussure à son pied, le drôle se donne beaucoup de peine. Pour une larme de miel, il peut se damner, changer cent fois d'apparence. Sa verge de bois peut explorer mille nuits blanches comme une cuiller à pot. Que ça vous plaise ou pas, c'est le fin gourmet de la vie.

— Alors, au théâtre c'est toujours comme ça ?
Éros se faufile partout. Et dans la salle, on rit ou on pleure, c'est selon.

— Selon, vous avez raison. À propos... Le temps presse. Vite ma mie, un baiser. Vos lèvres si pulpeuses, si prometteuses me donnent l'eau à la bouche... de vraies pêches sucrées et orientales à dévorer.

— Trop tard. Beaucoup tombent de sommeil et ne songent qu'à rentrer chez eux...

Beaucoup ! Que voilà donc une drôle de benne. On y collecte la vacuité à la pelle. On y presse de tout, dans ce fourre-tout. Beaucoup de morts. Beaucoup de talents. Beaucoup d'argent, de monde, d'amour, de prières. Misère !

Il y a ceux qui gaspillent, et ceux qu'on jette. Les derniers fouillant dans les déchets des premiers pour y trouver un repas. Finalement, c'est toujours « *Beaucoup de bruit pour rien* » et dénicher l'Autre là-dedans, relève vraiment de la performance.

Que dire ? Que faire ? Se révolter encore ! Se tromper, sûrement. Aller au bout de soi, se coucher par écrit ou s'élancer dans le vide ! Il faut renoncer. Pour certains, le temps du renoncement est arbitraire, donc sacrifié. Pour d'autres, il est transcendance.

Mais pour le fou... seul l'amour compte.

Oui. Comme il a le privilège d'être ignoré de tous, il peut composer à sa guise. À longueur de vie, il réalise des bouquets d'alter ego et les laisse pendre la tête en bas comme des fleurs séchées, pour les aimer tous.

Le fou se balance sur un jardin suspendu.

Il s'élève dans un méli-mélo de réminiscences. Le fou ne peut pas renoncer à l'Autre, il est hors-jeu de naissance. Seulement, par nature, c'est un bel empêcheur de tourner en rond.

Les heures s'emmêlent drôlement les pinceaux, quand il cueille la lune pour la mettre sur sa table de nuit. Même chose avec les étoiles, il les confond avec des œillets ou des fraises des bois. Et lorsqu'il est amoureux, amoureux fou, la Renaissance est partout.

41

La lucidité sort enfin de sa chrysalide. La perception du monde retrouve sa voie originelle. Le Verbe déploie ses ailes de papillons ivres de transparence, et l'indicible poursuit sa vie de ruisseau, clapotant sa paix, son doux murmure, d'un bout à l'autre de la terre.

Disons, plus simplement qu'un fol amoureux, c'est l'été en hiver, le printemps tous les jours et... « *Montmartre à 20 ans.* »

18 h 50. Le Chant des chants semble plein d'audace tout à coup. Mon Dieu, que fait-il ? Il retient son souffle, enjambe la fenêtre et saute sur le trottoir. Quel rebond ! Il s'est esquivé en moins de deux. Il est parti dans le quartier, à pedibus, comme un simple passant.

En toutes saisons, le jardin du Luxembourg propose bagouts, fugues et romances en plein air. Ses étals ruissellent de verdure et de talents cachés. Même lunatique, sa luxuriance a le chic pour aguicher les foules.

Le Chant des chants se laisse tenter.
Il s'élance vers le parc.

Une caresse au vieux chat qui sommeille contre les grilles. Un p'tit bonjour à la fontaine Delacroix qui épouse si bien les clairs-obscurs. Et un juron, au pigeon effronté qui sort d'un buisson d'églantiers, comme un diablotin d'une boîte à musique.

Ô, pelouse, enfance, berceuse...

Berthe Morisot eût aimé vous peindre fillette, sourire et barbe à papa. Le grand bassin dort. Des piafs bécotent un groupe de primevères. Une abeille s'engouffre dans un bouton-d'or comme une métaphore dans un poème bucolique.

Oyez, foules aveugles ! Le thème vous appartient. Il est à vous, avec son cœur joyeux et pur. Il est en vous, ce thème, et il se joue sur trois tempos simultanés. Approchez, ne craignez rien... Vos grands yeux écarquillés, j'y enterrerai des fleurs de compassion et d'amour.

Le Chant des chants marque une pause.

Il se repose sur un vieux banc. Au toucher, la pierre est douce, fraîche, vivifiante. Son hôte peut converser librement avec elle. La pierre est humaine à la paume des solitaires. Son étoffe libère des vagues d'impressions ancestrales qui submergent le réel.

La pierre se transforme en langage purpurin, phonèmes de laurier-rose, et source de vie dans les terrains vagues.

On aimerait tant ne plus bouger, rester là, toujours, et fermer les yeux pour retenir la plénitude, la protéger et la garder en soi, le plus longtemps possible.

Hélas, le vent se lève.

Sa rage sort d'un abîme profond comme la rancœur. C'est un violent. Il rugit dans les chambranles, hurle comme un forcené et tourne à les en arracher les pages d'un livre pieux resté ouvert. On se sent emporté par un désastre. Le pire est imminent. Impossible de faire un pas, sans le sentir à nos trousses.

On est toujours assis dans un théâtre, empalé sur une petite chaise de jardin, et l'on aimerait crier à ce moment-là... Crier au vent, au vent mauvais du poème.

— Hé, maelström de malheur ! Je ne te crains plus. Car je suis zone, zone, zone... Je suis errante, marge, margelle de puits, et tout ce qui s'ensuit. Je suis comme l'autre. Mais si... celle qui répète à longueur de journée : *« Je suis un phénomène négatif. »*

Elle... tu sais bien ! La jeune et sensible Nina ! Une théâtreuse, condamnée à vivre dans *« Une banale histoire »* comme dans un trou. Tchékhov l'a bel et bien enterrée vive dans sa nouvelle. Alors, qu'attends-tu pour m'enterrer, moi aussi ? Moi qui suis zone, erreur et morte. Regarde, un collier de perles cerne mon cou. On dirait des perles de culture, mais sous la dent on voit tout de suite qu'elles sont en verre. La Culture à côté, c'est drôlement opaque. Quoi ? Ton œil méprise la verroterie ! Il la considère comme une parure de bazar... un simple objet de pacotille.

Inutile donc de t'inviter à regarder autrement. De t'inciter à rêver aux vitraux, aux vérandas ou aux lanternes magiques. Ton œil hait l'émotion, c'est bien ça. Sec, vide de transparences, de dires bruts, de chants profanes ou sacrés, il se glisse partout, glauque, teigneux, verruqueux, cyclopéen, et ta vision du monde s'éteint, lugubre comme un soleil noir. Mais je ne te crains plus...

J'aime trop les reflets, le théâtre, la mémoire et le verre. Même salement peinturlurée par tes soins, la lumière se réfléchira toujours dedans, et ce, à l'infini...

19 h 15. L'ouvreuse demande aux spectateurs de changer de place. Le plancher craque. Les chaises de jardin volent à l'autre bout de la salle. Le public troque son espace contre celui des acteurs. Privé de repères, ce tour de passe-passe imprévu se clôture en cafouillis. L'échange de mobilier tourne à vide, souligne l'étroitesse du lieu et dissipe les esprits.

Un peu plus tard, je descends la rue de l'Odéon.

J'ai quitté le théâtre comme une vieille connaissance. Sans trop savoir si nous nous reverrons. La rue se métamorphose en agenda où s'inscrivent mes pas vifs. Je ne lambine pas. J'ai peur. Peur de croiser un fantôme : « *La Passante.* » Au fait... d'où vient-elle ? Qui est-elle ? À quand remonte notre première rencontre ? L'ai-je connue dans une nouvelle de François Coppée ou dans un poème yiddish ?

45

Difficile avec les trous de mémoire. Soit, on cherche pendant une heure, on fouille, on tatillonne, on se triture l'esprit en courant le risque de laisser filer l'essentiel du souvenir...

Soit, on improvise.

D'ailleurs, est-ce si important, où, quand et comment, j'ai rencontré ma passante. Son histoire m'a bouleversée comme une rupture d'amour. L'Auteur, dont je ne puis dire avec certitude le nom, lui donnait les traits d'une vieille artiste de music-hall.

La voilà, ma Passante, en chair et en os ! Errante en haillons, elle va et vient dans son quartier comme une brocanteuse d'illusions. Les badauds la dévisagent et s'en donnent à cœur joie. Le spectacle est gratuit. Chaque jour, une pluie de quolibets s'abat sur le dos de celle qui fut applaudie, 20 ans, 30 ans auparavant. Tous les jours, le monde ricane en la montrant du doigt.

— Regardez... La passante nous sort le grand jeu. Amenez-vous, vous autres ! L'épouvantail des Variétés zigzague...

— C'qu'elle est drôle ! Un vrai théâtre antique.

— Tu veux dire ambulant... On ne tire pas sur l'ambulance.

— N'empêche que moi, à sa place, j'aurais honte. Mieux, je me cacherais. On devrait l'envoyer à l'asile ! Avec ses strass, ses bottines éculées, son chapeau cloche et son maquillage grossier, il est temps de l'empailler. Nul besoin d'être docteur pour constater qu'elle a perdu la boule.

Pauvre passante ! Beaucoup s'esclaffent sur ton passage.

Beaucoup s'amusent. Beaucoup... Moi, je sais seulement que tu es le visage de l'humanité. Les siècles ont creusé des rides dans ta figure, profondes comme des ornières à abandons, la misère t'a donné une tête de clown ou de vieille folle.

Ô, théâtre ! Vie. Reflet. Mémoire.

Moi aussi, je suis zone, erreur et clown. Oh, monde malade. Je suis femme à bleus, mer morte, poisson rouge...

Coupable d'être née, et folle d'espérer encore à ta Paix.

Mois de mai 1996, au théâtre de l'Odéon « Le chant des chants », spectacle d'après le Cantique des Cantiques, est adapté et mis en scène par Patrick Haggiag.

Ne réveillez pas le jardin abandonné

Le temps passe, et apparemment, le jardin dort…

Se moquant de l'Eden comme de sa première tondeuse électrique, on y découvre des lys, des roses, des groseilliers, des oiseaux, et des ronces insolentes qui grimpent partout. Elles s'entortillent autour des mûriers, tapissent la terre d'avertissements griffus, grignotent jusqu'au cœur les murets protecteurs de son intimité, avant de contourner le corps noueux et cabossé d'un vieux cerisier, qu'une jeune Anglaise au profil nonchalant, dissimulé sous un chapeau de paille, décrivait dans l'une de ses nouvelles.

Jardin du Sussex imaginé…

Un jour, ta fontaine s'est brisée. Le travail en ronde-bosse de l'artiste n'a pas survécu à l'outrage des ans. L'antique Vénus penche son long cou en granit rose vers un sol en bataille, recherchant l'autre moitié de ses bras amputés. Réceptacle improvisé, ses hanches marmoréennes servent d'abreuvoir à tout ce qui vole, bouge, et rampe dans les parages. Vasque offerte au régal des libellules ou des elfes barbouillés de lune, elles y plongent et tourbillonnent en illuminant les ombres émeraude de reflets d'or.

Poussons la grille délabrée en fer forgé…

La fourmi, l'escargot, le ver de terre et le scarabée courent se cacher, ils ont bu à en perdre la tête. Un chat errant a lapé des feuilles mortes. Le ciel renaît, il lustre d'indigo son firmament.

Détrempée, la palette de Bonnard a encore jauni. L'orage s'est éloigné, il est parti cracher sa bile à l'horizon. Une eau stagnante déborde du ventre de Vénus en murmures de pluie.

Panier de cerises
Baiser désaccordé
Chant osé du rossignol
Mélodie, un bruissement.

Rêver, respirer, ressusciter des légendes, aimer…

Pierre Bonnard a souvent trempé son pinceau dans des coulis de soleil. Ses femmes au jardin s'abandonnent à la lumière. Rayonnements, saisons et paysages en aplats, compositions sans prétention, il peint le bonheur au jour le jour.

En un sens, la critique se conduirait comme ces bulldozers qui démolissent à tour de bras les jardins endormis et piétinent aussi, les artistes.

Nabi, hier, fauve demain, seul l'hymne à la vie nous éblouit, tout comme la nature sauvage d'un jardin abandonné.

Tandis qu'il refermait la grille, un papillon anglais a virevolté autour de l'intrus, en lui soufflant ces quelques mots :

— Promeneur, ne nous réveille pas ! Le temps passe, les démolisseurs sont en chemin, mais la joie des couleurs demeure. Et toi, artiste fou de nature... La mélodie du peuplier résonne dans ton chevalet. Les fleurs coupées décorent le vase japonais, posé devant la fenêtre. Le chien veille sur Marthe. Et qu'importe ton école, si la beauté fugace d'un seul motif peut encore nous émouvoir !

Le lièvre est un animal énigmatique

Ne rie pas, hombre !
Les moissons m'affolent.
D'entrée de jeu, je batifole
Dans un tableau naturaliste.
Le ciel pommelé, l'herbe penchée
Le cou bien rasé des chardons
Les gouttelettes en V de la rosée
Le dos d'une herse abandonnée
Et l'entrée de mon gîte, à côté.
Un saut, un regard, une cabriole
L'oreille ouverte au vent d'ici,
Au pas lourd du chasseur
À l'orage, aux chiens
Aux jurons des grêlons
Au moindre pépin, dis,
Je me tapis ou déguerpis.

Ne tire pas, hombre !
Je ne suis que de passage…

Un invité surprise, un sujet,
Graine de civet, thym et laurier
Dans votre assiette fleur de lysée,
Le pré noir où je suis tombé
Sent la noisette buissonnière
Et la fin de l'été dernier.

Le cheval couché de Xavier Grall

Journaliste, romancier, poète, Xavier Grall est parti trop tôt. Chantre d'une Bretagne libre, vivante et sans complexe, il refuse la censure et les autres encroûtements dictés par un pouvoir parisien centrifuge.

Un beau jour, il quitte Paris, ses petits fours et ses embrouilles professionnelles pour retrouver sa terre natale, amante palpitante de « vieux frémissements celtiques. »

« Le cheval couché » de Xavier Grall s'ouvre sur un véritable pamphlet à l'encontre d'un autre ami de l'homme, le fameux « *Cheval d'Orgueil* » de Pierre-Jakez Hélias. L'auteur préfère laisser les pur-sang au Breton bon teint, professeur agrégé et chroniqueur à Ouest-France, pour nous parler d'un petit cheval ivre de liberté. Son cheval à lui est couché... Haridelle claudiquant et trottant au bord des falaises, qui aimerait tant courir à la mer, pour nous transporter hors du train-train des bien-pensants, sévissant dans un monde de plus en plus absurde.

Un univers qui, dès l'ouverture du chapitre « *La rage des jours* », coule comme du bon lait poétique.

Pas un mot ne bute, ne se fracasse ou ne s'écrase sur la façade du bel effet.

Couleurs et plaies en aplats, sur le rivage... là où la mer, n'en finit plus de danser et de chanter, où ses roses archipels ressemblent à la palette de Vincent Van Gogh ; mélange divin à lire tout bas, par jours de pluie.

Une élégie à la Vie, que Xavier Grall distille avec passion et sans parcimonie, dans un livre toujours brûlant d'actualité.

Extraits

« Oyez , bonnes gens ! Voici une poésie haletante, écartelée, lyre tendue jusqu'à craquer. Une poésie bâtie dans le quotidien des travailleurs sans travail, des veuves sans amour, des amours sans abri, des chiens, des ploucs, des bistrots. »

« ... Alors ceci : la bretonnité qui se tâte, s'éprouve, s'exaspère en se cherchant en dehors des règles et des parapets, serait-elle semblable à la négritude tragique de Harlem ou de Port-au-Prince ? »

« ... A la fin, qui sommes-nous donc ? Des voyants ou des aveugles ? Des êtres libres ou de pitoyables aliénés ? »

XAVIER GRALL
Le cheval couché (livre de poche, 1975)

Jeux d'O

Sourire...

En trois coups de crayon Edmond Kiraz plante le décor.

Ses dessins nous plongent dans l'atmosphère d'un Paris disparu.

Légères, sexy, insouciantes, ses Parisiennes on les adore.

Croquées le plus souvent par deux, elles ont le chic pour nous dire :

« Ras-le-bol des patrons, des corvées, des bonshommes, etc. »

Quand le foot me tape sur les nerfs, je saute sur un BN au chocolat, dévore des yeux un Kiraz, et ça repart !

Étoile de mer… E pericoloso sporgersi

À Sonia Mossé…

Motifs, griffonnages, esquisses de paysages nus…
La corde pour me pendre ne tiendra pas, elle s'effrite.
Mon amie la souris blanche grignote lugubrement
Tout ce qui lui tombe sous la dent.

Wols au Reflex, négatif, clic-clac, traces d'ici !
Bourla dans ses souliers neufs, Bella au balcon,
Et Sonia… déportée à Sobibor, camp de la mort
Parce que Juive, comme ses amies, et très jolie.

Flot étale, vieux marchand de cartes postales,
Je balancerai d'autres manuscrits dans la Seine !
Sous le pont Mirabeau ronfle un piéton de Paris,
Gris de whisky, le poisson-scie a bien des soucis.

Cher poète indiscipliné, ouvre l'œil, et le bon,
Métaphore et complainte du coquillage errant
Qui court se jeter dans la mer, non de non,
Plutôt que de fricoter au bras de l'occupant !

Et comme disait Desnos à Fantomas : bon vent !

20 septembre 2017

Avril en sabots de Vénus

Le pistil poussiéreux, écrasé entre mes doigts, se mélange aux traces jaunâtres laissées par la fleur de tabac. L'index du verdict s'est levé, couleur pissenlit.

Pour viral, j'ai déniché rival…

Pas si mal. Bête et moqueuse, ma poussée d'anagramme géante s'échappe d'une composition florale.

16 h, quelques années en arrière, je reçois un appel de L. de France Culture. Sans surprise, son bureau vient de sonner le glas.

Néanmoins, et comme je m'y attendais, ma lettre d'accompagnement où je louais son ouverture d'esprit et sa capacité à réagir en *« Lumière de la science »* n'a pas manqué de la faire bondir.

N'empêche que pour « *Marie-Elles* », ma pièce en trois tableaux, le verdict est tombé. Les lecteurs ont décrété qu'elle ne ressemblait pas à une fiction, et que le texte était plat, pour ne pas dire mièvre. Texte refusé, donc. Au placard !

Georges, l'ami, tu les entends ?

Je suis tombée sur des lecteurs allergiques à la peinture de Marie Laurencin. Difficile de comprendre le rôle précis de L. dans cette appréciation univoque ; mystère et boule à mâcher.

Victoire personnelle. Nikolaï Goumilev, le père fondateur de l'acméisme, l'aura au moins fait sortir de sa réserve.

À quoi bon m'expliquer ? Un dialogue de sourdes, entre la dame du bureau de lecture et moi, ne manqua pas de s'enclencher. J'eus beau passer ma prose au détergent.   Me   débattre.   Parler   d'humour radiophonique...

Trop tard, elle avait raccroché.

Brodsky, ai-je songé en reposant le combiné, si on ne peut même plus s'insurger, à quoi bon écrire ? Censure et mat !

Mot de la fin, murmuré en privé...
Les poètes ne sont pas si morts que ça,
Et ils vous enquiquineront encore longtemps !

Cartographie d'un lieu peint en rouge et bleu

La maison d'Honoré de Balzac

Viendras-tu conter fleurette aux Jardies,
Flâner dans l'herbe bleue de ses prés roses,
Boire comme un trou un café exotique,
Rêver, écrire, jardiner, cauchemarder,
Défendre la tête d'un pauvre notaire,
Sourire aux facéties à venir de Cobra.

Adieu ! Nous n'irons plus aux Jardies…
Au bois d'amour, tout est désillusion.

Le cri du cœur d'Edouard Munch

Blanche nuit ! Noël, fête des enfants !

Cri d'un soir de blues. Église ou bordel,
L'essentiel n'est pas où, quoi, comment ?

Les premiers flocons brûlent tes lèvres,
L'artiste, qui ne mange pas à sa faim
Bouffe du curé comme du bon pain,
Les culs-bénits hurlent au blasphème.

Vive les païens des siècles entre les siècles !
Deniers, ex-voto, vite des noms propres !
Jonas, tant que l'homme tuera des baleines…
Noël ne sera qu'une date dans un calendrier
À prier, à peinturlurer en rouge et noir,
Une maquette de crèche dans un livre saint.

Blanche nuit ! Douce nuit…

L'hymne à la vie de Christian Bobin

Il trempe sa plume dans la douceur d'aimer.

Il nous dit le temps qui passe, sans bruit, sur tout ce qui vit. Les yeux plongés dans l'insondable tristesse, âme sœur de la poésie.

Son univers vibre, vagabonde, foisonne et frissonne à l'horizon.

Merles, mouettes, libellules ; poursuivre un rêve ou un ange...

En noir et blanc, en rouge, en bleu, qu'importe la couleur,

Quand on n'a que les mots,
Pour sécher les larmes des tristes,
Danser la gigue des Jours heureux,
Dessiner le visage d'un monde apaisé,
Quand on n'a que les mots...
Pour aimer la Vie.

« Les animaux sont des théologiens muets. Leurs nerfs sont les cordes du ciel. » Christian Bobin, La grande vie, Gallimard.

Les grands espaces

Radine, la ville. Ses mètres carrés sont comptés. L'espace vital s'y montre chiche... Avant de vous jeter à la rue, elle vous enterre dans des cases.

Vivre comme une fourmi ne vous apprend qu'une chose, un corps comprimé se métamorphose vite en boulet.

Reste la pensée...

Peu encombrante, si l'on considère ce petit être dans son ensemble, avec sa cervelle changeante et son instinct de révolte en macération ou en perpétuelle ébullition.

Champ d'action des bêtes, limité.

Qui habite un espace réduit, une piaule minuscule, une carrée exiguë a toujours envie de se pencher par la fenêtre. Il se sent si à l'étroit dans son trou à rats !

Dehors le monde s'annonce plus vaste, plus infini, plus attirant, il se présente à son avantage, sans restrictions, moins mesquin qu'entre quatre murs.

Le regard met les gaz... il sort.

Subitement à la lisière du ciel et de la terre, des rideaux bleus bougent.

Derrière les fenêtres closes, un morceau de percale palpite comme des ailes de paon.

> La fourmi voit la neige.
> L'espace grouille de flocons.
> Une blancheur timide éparpille
> Sa couleur locale, froide, morte.

Et son cœur, vieux machin usé et solitaire, s'émerveille naïvement à l'idée que peut-être un autre cœur, quelque part dans la ville, désirerait partager le même enchantement éphémère.

Ne sors pas sans ton cache-nez !

Deux professeurs ont beaucoup compté pour moi.
Les deux portaient des noms chantants, aériens.
Des noms de famille avec des ailes…

Mademoiselle Botrel, enseignante de latin.
Madame Svetlana Robel, enseignante de russe.

Les poètes ont-ils trop d'imagination ?

Pour rêver d'un monde sans guerre,
Pour supprimer l'analphabétisme,
Pour sécher les larmes des enfants,
Pour partir à la découverte du cosmos ?

Mine cassée, et rimer encore…

Les hommes ont domestiqué l'espace, et après ? Ils n'enfermeront pas le Temps, du moins sur un cadran.

Il semblait que l'homme allait s'asphyxier dans le carbone de soi. *

Velimir Khlebnikov, Le Pieu du Futur, traduction Luda Schnitzer, L'Âge d'Homme.

Ô, terre inculte ! Que de givre, que de morts !
Marmonnait l'antique corbeau de la fable,
Ici-bas, plus rien à grappiller
Comme c'est décourageant !

Les jours et les semaines s'envolaient,
Et même le renard avait perdu la foi,
Quand l'oiseau noir soupira d'aise
En déterrant l'os percé d'Adam…

Traces…

Virginia W…

Premiers jours de l'automne,
Saison des longs bruissements
De la brosse sur une toile,
De l'étang impassible,
Des forêts rougissantes,
Et d'un ciel incandescent.

La phalène sur la vitre de la véranda
écrasée, couleur paille, bras en croix,
Une trace d'ailes… mon aimée.

Comme la chute programmée
D'un dernier pétale de rose,
Libellule bleue, fais un vœu !
Que j'aille enfouir mon front,
Dans ton joli nid à baisers.

La tour en cage

La tour Eiffel endormie sous une cloche de verre, comme un fromage...

Tout fout le camp, tout fout le camp...

La vieille dame comptera tous ses moutons avec un œil de verre. Quand on songe à sa silhouette élancée, à ses guibolles de fer, on la voyait bouger et danser sous la palette des peintres. La tour, envolée !

Tout passe, tout s'en va...

Un doux baiser au sommet de ton armature, un coup de vent dans tes hanches, tour qui tangue au rythme des nuages, on s'aimera tête-bêche.

L'amour, c'est tellement mieux là-haut, dans les étoiles, que tout en bas. Sous nos pieds, Dieu que la terre semble minuscule !

N'empêche que tout fout le camp !

La tour Eiffel figée sous une cloche de verre...
Et, pourquoi pas, dans un musée !

Chien de pêcheur…

Chien de pêcheur… c'est pas une vie !

Même si l'eau clapote entre les joncs,
Même si la carpe a l'air endormie,
L'homme prépare ses hameçons,
Sort son bazar, se détend et sifflote.

Chien de pêcheur… à gober les mouches !

Dans l'aube écarlate, la prise est bonne.
Le poisson frétille, perd son souffle
Foi de mordu ! Comme un pendu,
Il s'affole, gigote, ploie la ligne.

Chien de pêcheur… un art immobile

La mélodie du temps, le soleil yo-yo,
La pluie, les éclairs, et les trous d'eau
Où la barque s'enfonce… Vie de chien,
entre deux lancers, des corps agonisent.

Sous les toits de Paris

Tableau inachevé.
Présence, traces d'ailes, rondes d'eau.

Dernier chapitre écrit à la va-vite dans un vieux train
de banlieue.

Lire avant d'être lue, peut-être.

Mourir avant d'avoir commencé.
Sous les toits, notre belle histoire
Blotties l'une contre l'autre,
S'aimer toujours, maman.

Mer en coin, là-bas. Bleue cendrée.

Vase d'opaline, brisé. Vaguelette au bord du mont.
Ballet des mouettes réfractaires, bec ouvert sur le ciel.
Œil tourné en dedans, digue du chagrin qui aveugle.
Geste court. Souffle précipité. Vacarme des roues.

Un jardin dans la vitre. Reflet des roses blanches.
Touche-moi, parle-moi, avant de disparaître…
Résurrection. Le geste précède la parole
Ou vice versa. Baiser vermillon, enfin !

Erika Mann... un témoin dans la nuit

Les dix chapitres de « *Quand les lumières s'éteignent* », ouvrage de la fille de Thomas Mann, paru en 1940, conservent toute leur actualité dans un monde violent, déboussolé, soumis à nombre de tentatives de destruction.

La vie suit son bonhomme de chemin, les temps changent... à moins que !

À l'instar d'un paysage filant derrière la vitre d'un TGV, l'Histoire peut se perdre dans la ligne bleu pâle de l'horizon ou se rapprocher en gros plan. Précise ou imprécise, ralentie ou précipitée, son mouvement antérieur n'est pas figé. Le passé ne se contente pas de défiler en éclaireur, de poser des balises ou du moins des signaux, il alerte. Même si l'utopie d'une société idéale reste une gageure, de ses erreurs, de ses ténèbres, de ses secousses historiques, ne peut-on tirer quelques enseignements ?

Rétroactivement, l'histoire peut représenter la figure collective du genre humain. Instable dans ses conquêtes, cruelle dans ses clameurs, inique dans sa domination, sourde au tocsin, aux autodafés, au pouvoir arbitraire, elle finit par courber l'échine, laissant mollement s'instaurer le sordide et l'insoutenable au quotidien.

Se dissocier de cette imago symbolique pourrait consister à réduire l'homme au rang de spectateur, à légitimer le sentiment d'impuissance, à raboter jusqu'à la moelle toute dignité humaine. Or, dans une situation extrême, chacun se retrouve forcément maître de son destin. Face au danger, à un moment précis, l'esprit de résistance entre en jeu.

La lecture de « *Quand s'éteignent les lumières* » montre à quel point une société peut, du jour au lendemain, s'auto bâillonner. Condamné à un silence généralisé, le peuple se soumet à l'hymne idéologique de l'air du temps, totalitaire et destructeur. Peur, misère, incrédulité, le terreau de la haine de l'Autre veut faire accroire qu'il est le seul à pouvoir fournir des tonnes de patates.

Un chefaillon frustré, nommé Adolph Hitler peut, désormais, exercer son pouvoir absolu sans rencontrer le moindre obstacle. Il peut galvaniser les foules en préparant chars et cercueils, en édifiant camps et charniers.

Hormis les réfractaires, rapidement réduits au silence, nul ne songe à l'arrêter ; ouvriers, chômeurs, classe moyenne ou bourgeoise cèdent aux flonflons d'une vie meilleure ; ils regardent pousser les patates du dictateur, sans prendre conscience que leur terre, jadis si riche artistiquement, humainement, intellectuellement, leur Führer – ou fureur phonétique — la considère comme un tas de fumier.

La domination nazie dans une petite ville paisible du Reich…

La pluie tombe derrière la vitre comme les larmes des disparus.

Erika Mann, comédienne, auteure, conférencière, correspondante de guerre — son frère Klaus l'évoque souvent dans son autobiographie « *Le Tournant* », tout comme lui, les chants haineux des SS la révoltent. Dès le début du troisième Reich, son engagement est total, absolu. Elle va signer des articles, mettre en scène des sketches dans son Moulin à Poivre, cabaret subversif qui provoquera l'ire des fascistes, les interpréter dans nombre de pays européens, avant de prendre la route de l'exil, d'abord en Suisse, puis aux États-Unis. La mémoire s'active et d'autres noms d'intellectuelles viennent à l'esprit : Anna Seghers, Lili Körber, Irmgard Keun, Hannah Arendt… des femmes qui se sont élevées contre la terreur, la destruction, l'antisémitisme du régime nazi.

L'expérience dramatique de la guerre, subie au féminin, a donné de grandes œuvres.

Ainsi « *La septième croix* » d'Anna Seghers, livre tout aussi essentiel que *« Transit »,* utilise l'art du roman pour décrire le quotidien de sept résistants dans l'Allemagne fasciste des années 30. Suivant pas à pas une chasse à l'homme, l'auteure, qui a choisi le mode narratif, s'appuie sur des faits réels.

Criant de vérité, le titre « *La septième croix* » ne doit rien au hasard, il se superpose au vécu d'un groupe de prisonniers : le commandant d'un camp de concentration n'ayant pas hésité à crucifier des évadés, repris par la Gestapo.

L'écriture comme acte de combat…

Si, pour raconter les exactions du régime, Anna Seghers reste attachée à un modèle d'expression classique, Erika Mann dans « *Les lumières qui s'éteignent* » s'en débarrasse.

Un livre, à mi-chemin entre « *l'étude sociologique et l'expérience littéraire* », remarque Irmela Von der Lübe, dans sa postface.

Le récit d'Erika Mann décortique le mythe fabriqué du « *bon nazi* », présenté à l'étranger comme soucieux de sa patrie (reportages de radio Londres), prototype même du « *bon Allemand* » qui, de loin en loin et assez mollement, adhère aux thèses du pouvoir fasciste, tant que celles-ci ne bouleversent pas trop son quotidien. En témoigne, dès les premières pages du livre, le monologue intérieur de l'observateur américain qui débarque dans la petite ville d'Allemagne où se situe l'action. L'homme ne tarde pas à déchanter. Les SA déboulent sur la place du marché, ils l'alpaguent brutalement ; dès lors qu'ils tentent de l'expédier au poste, sa vision du national-socialisme s'en trouve nettement ébranlée.

En commençant son livre par l'histoire du « *témoin étranger* », Erika Mann se sert d'un œil extérieur. Un écrivain peut-il décrire un régime autoritaire et traumatique, sans se faire l'avocat du diable ? Peut-il déballer tout à trac la lâcheté humaine, et la renvoyer à son corollaire, le courage, en s'attachant à un lieu clos comme au théâtre ? Doit-il enfin forcer le trait sur l'unité de lieu, repérer la peur sous-jacente du regard suspicieux qui s'aventure sur l'Autre ? Dans son livre, la petite ville provinciale ressemble à un personnage fleuri, plaisant, tranquille, mais également hermétique ; la quitter, c'est refuser la domination nazie... la fuir, c'est devenir un hors-la-loi.

Les patates commencent à manquer. Pour le Parti, tout baigne !

L'argent ne vaut plus tripette. Escroqueries, mensonges, arrestations, le nouveau pouvoir arbitraire poursuit son grand œuvre. Les chapitres se suivent, et les rouages de la SS, de plus en plus imposés par la force, livrent l'ampleur de leurs dysfonctionnements. L'auteure illustre sa prose par des extraits de lois, discours, diktats du Parti hitlérien.

Erika Mann n'invente pas, elle prend la température des habitants-patients. Au fil du récit, on comprend que le traitement provoque des effets secondaires. Ses personnages se réveillent.

Le paysan : le Parti lui a défendu d'utiliser de l'orge pour engraisser ses poulets, il se retrouve sur la paille. Il doit quitter sa ferme pour la grande ville ; à défaut d'un emploi, il est expédié en prison.

L'industriel : dans une mauvaise passe, il bidouille ses comptes. Amoureux de sa secrétaire, il tombe des nues quand elle refuse de l'épouser. La suppliant de s'expliquer, elle lui révèle qu'elle est à demi juive ; il va la renvoyer et continuer à obéir, à contrecœur.

Le maître de droit criminel à l'université : nationaliste allemand, nommé par le régime, déjouera la campagne du ministère de l'Alimentation du Reich, en exhortant ses élèves à ne pas participer à son programme agricole des moissons.

Le professeur de médecine qui ne prenait guère au sérieux les manœuvres politiciennes des nazis, prendra soudain la mesure de l'incompétence qui l'entoure. Employés non qualifiés, manque de matériel, diplômes donnés à des sportifs, malades livrés à des incapables, il aura ce geste bienfaisant envers une mourante au risque de tout perdre.

Le dernier personnage rencontré dans « *Les lumières qui s'éteignent* » renvoie au questionnement initial qui trottinait au début du livre dans la tête du témoin américain ; ce « *pas de quoi fouetter un chat* » nonchalant, qui peut plonger tout un peuple dans l'hébétude.

Écrivain, promu journaliste à la solde du Parti nazi, l'homme a vu sa situation s'améliorer. Muselé en échange de son confort, il ne doit pas discuter les ordres et les sujets qui lui sont imposés. Son esprit critique se complaît dans l'art du louvoiement. Jusqu'au jour où, sous ses fenêtres, le pouvoir construit un camp. À l'intérieur, des prisonniers sont humiliés, violentés, traités sauvagement par le commandant du camp.

Ce spectacle quotidien l'indispose

Il tente de s'en plaindre aux gardes du camp, sans prévoir les conséquences de son acte. Son rédacteur va lui tendre un piège grossier ; il tombera dedans à pieds joints. Renvoyé, le journaliste comprend qu'il doit quitter l'Allemagne sans tarder… Son aventure coïncide avec le début de la Seconde Guerre mondiale et la chute d'un pays dans les ténèbres.

Dans les années 30, les signaux clignotent dans le rouge.

Des hommes, des femmes, des communistes, des handicapés sont assassinés. Des hordes de voyous sillonnent les rues des villes. Les Juifs sont dépossédés de leurs biens, de leurs droits, exclus de la vie civile. Artistes, intellectuels, les candidats à l'exil se multiplient. Les suicides, aussi. En 1938, la Nuit de Cristal n'inquiète pas outre mesure la population allemande. Quant aux réactions de la communauté internationale, elles manquent de souffle. Un mutisme coupable. La propagande nazie semble avoir gagné. La guerre déclarée, Hitler va pouvoir déclencher ses massacres de masse.

L'esprit lucide d'Erika Mann a tenté de décrypter les schémas existentiels de ces *« Allemands moyens »* du troisième Reich. Sans révolte, sans condamnation, elle ne juge pas, elle établit un constat. Sa matière, ce sont les *« obéissants »,* non les adhérents. Son livre, *« Les Lumières qui s'éteignent »* écrit en 1939, a pris le pouls d'une société germanique embrigadée dans la bêtise, l'utopie et le mensonge fasciste. Privé de pensée, d'éthique, de Liberté, tout un peuple devra attendre le retour de la Paix pour retrouver sa clarté humaine.

Une trentaine d'années après la Seconde Guerre mondiale, une femme, Elfriede Jelinek, Prix Nobel de littérature, montrera comment une petite ville autrichienne, encastrée dans son confort et assujettie à un esprit passéiste, peut s'encroûter dans une même indifférence, sans jamais chercher à exorciser ses démons.

On referme l'ouvrage d'Erika Mann, en éprouvant une sensation étrange…

Vu du train, un paysage sans vie se rapproche.
Et si, de nouveau, les lumières s'éteignaient ?

« Quand les lumières s'éteignent » de Erika Mann, Le livre de poche.

Au bord de l'eau

Ce titre musical vous évoque-t-il quelque chose ?

Chanson, poème, nouvelle, à vous de trouver !

Mon ancêtre, Pierre Jules Ono-dit-Biot, était facteur de pianos et accordeur. Il fonda sa maison en 1837, rue de l'Ancienne Comédie à Paris. Puis, déménagea rue Victor Hugo, avant de finir ses jours à Boulogne-sur-Mer.

Entretemps, comment Pierre Jules, marchand de pianos et de billards, s'était-il retrouvé Maire d'Étretat de 1876 à 1883 ? Mystère... Le goût du large, peut-être, ou le chant des mouettes, l'air des embruns, à moins que ce subit dépaysement ne cachât des motifs, tout bonnement, plus lucratifs.

Dans ces années, la petite cité balnéaire connut une popularité incroyable ; l'engouement d'Alphonse Karr avait donné l'envie aux artistes parisiens d'aller barboter à quelques lieues — comprenez à vol de cormoran, de la capitale. Dès lors, les chevalets suivirent les marées. On a le compas dans l'œil, ou pas. Les grisettes soulevaient leurs jupons juste un peu, pour voir. Et l'effet mode engendra des merveilles et des bouchons.

Littéralement, on se bousculait sur les galets. La foule vint donc en nombre, s'esbaudir. Un rayon vert, ici. Une trompe d'éléphant, là-bas. Des bateaux de pêche à l'horizon, et la mer !

Les riches couleurs de l'indomptable Manche.

Sa sauvagerie, sa liberté, ses petits poissons, et tout le bastringue. Le casino d'Étretat ne désemplissait pas. Les touristes appréciaient beaucoup son restaurant, et son café avec ses deux billards... Mazette ! Or, Pierre Jules Ono-dit-Biot ne vendait pas que des billards. Il faisait également commerce de pianos. La musique. L'oreille absolue. Des gammes, des accords, qu'il égrenait sous l'écharpe tricolore. La suite de cette histoire de famille très personnelle, comme un conte, vaut ce qu'elle vaut.

Pour l'approfondir, devrais-je écouter la sonatine des coquillages, ou plus sérieusement, creuser les souvenirs de Guy de Maupassant — autre amoureux d'Étretat. Entre deux sarabandes d'Érik Satie, il me plaît d'imaginer mon aïeul et l'écrivain partageant un bon plat de fruits de mer dans le restaurant du casino. Ou mieux, disputant quelques parties de billards, à l'heure où le soleil se couche... à l'heure du rayon vert.

L'Ondée...

Le ciel s'ouvre... on dirait une boîte à bonbons
multicolores.

L'ondée approche, à grandes chevauchées.
Parfaitement, ça galope là-haut. Juste une impression
céleste. L'artiste laisse reposer son pinceau sur une
volute sans clarté. Le geste, le temps, la beauté
s'arrêtent. Parades de l'anatomie, le mouvement
incessant des corps donne le tournis.

Pour la touche finale, Michel-Ange prend son élan.

Vertige à dos de nuage

Mangeurs de fruits à Pondichéry

Exils de l'encens et du safran

Vagabondage à dos d'éléphant

Le goutte-à-goutte des fresques peut commencer...

Ainsi va l'onde des pigments,
couleur saphir, en aplats.

Pourriture, décalcomanie, de l'eau et des godets.

Et la vie dans tout ça ?

Navires en partance, sirènes assourdissantes,

Adieux sur le quai, brouhaha des cordages.

Berceuse maternelle, endormissement.

Quand l'herbe pousse, la vallée respire,
Le gris du jour se détache de l'enfance
Comme une page du Livre de la jungle,
Jeune ou antique cheval de bois des Inspirés,

Mélangez vite trente-six couleurs pour exister.

Finalement... il pleut.

Artiste sans pantoufles

La mer croise un marin pêcheur d'écume
La vache joue du violon sur une toile d'été
Le ciel offre à l'oiseau sa dernière volonté
Et la terre amplifie l'accordéon de brume.

Toi, la poésie quel est ton vœu ?
Un mot, une couleur, un rêve…

Du papier à noircir, à charbonner,
Un étique feu rouge, ensoleillé,
L'as de pique du Grand Jeu ou
l'ananas de la reine Margot.

Plantez les mots dans un chapeau,
Et l'alogique tombera des nues.

Ses créatures fuient le mensonge…
Un caprice de poète, le saviez-vous,
Ne vaudra pas tripette, sitôt qu'il tombera
Nez à nez sur une pantoufle, dépareillée.

Bien que, ces temps-ci, les sons poétiques finissent par
étouffer sous les orties ; les pantoufles du titre, là-haut,
reviennent en boomerang comme un poème-écho.

Une pièce, *Mathusalem ou l'Éternel Bourgeois*, sera publiée en 1920 en Allemagne. Son auteur, le poète Yvan Goll donne dans sa préface l'explication de l'alogique.

La poésie mérite qu'on monte le son.

Écoutons-la…

« L'alogique, c'est aujourd'hui l'humour spirituel. La dramaturgie alogique a pour but de tourner en ridicule nos lois de tous les jours, et de démasquer le mensonge profond de la logique mathématique ou même de la dialectique. En même temps l'alogique servira à montrer les chatoiements d'un cerveau humain qui pense à une chose et en dit une autre et qui saute d'une idée à l'autre sans la moindre apparence logique. » Yvan Goll.

Vers

Ver... à soie, à la naissance
Luisant, un scintillement bleu,
Verroterie, dans les chrysanthèmes.

Verre à pied

Verre soufflé

Verre à eau

Ver intestinal

Verbe glissant

Vœu versifié

Vertige en vers...

Vivace comme un bassin à truites.

Caresse Crosby… portrait d'une femme libre

Temps maussade, le bleu et le rose se chinoisent dans un ciel de traîne ; les pépins sont de sortie, l'asphalte brille comme un feu pâle dans un miroir.

Une jeune femme qui continue à voir la vie en rose, quand l'Europe bascule dans la guerre, intrigue. Pas vous ? À défaut de lire ses œuvres, peu traduites en français, une curieuse va fouiller, gratter, interroger le passé, traquer la moindre de ses photos, suivre des yeux les bulles d'un rêve.

Mary Phelps Jacob arrive sur terre dans la banlieue de New York City en avril 1891 ; à une dizaine de jours près, elle surgissait comme un « poisson d'avril. » Ses amis, sa famille la trouvent charmante ; ils la surnomment Polly.

Le poisson nage à contre-courant…

Changement de prénoms ou de maris, elle se mariera trois fois, Polly, alias Mary, se démarque des autres filles de son âge. Elle épouse un banquier, met au monde deux enfants, et divorce. Par la suite, à la demande de son second mari, Harry Crosby, son prénom Polly sera modifié en Caresse, évocation indirecte d'une déesse de la mythologie ou célébration de la douceur qui s'apprête à revêtir la peau de millions de femmes quand les liens du corset, grâce à elle, tomberont. Scandales, mystère, déclin progressif d'une caste insouciante, Caresse évolue dans l'univers chic et étriqué de la High society américaine, à sa façon. Poésie, liberté, affirmation de soi, le féminisme court dans les parcs ombragés, les jeunes filles se rêvent en pantalon. Popote et couches-culottes, elles aspirent à autre chose ; veulent s'émanciper. Les carcans, non merci !

Au début du vingtième siècle, le monde féminin vit sous la tutelle du lien : liens du mariage, liens du corps, liens de l'esprit. Ce maintien autoritaire de la Poupée du logis, que nombre d'épouses fortunées acceptent sans oser le transgresser, tend à se fissurer.

Dans leur milieu, Who's Who oblige, la modernité est comparée à une tache, la révolte taxée de folie… Même si quelques frémissements de liberté soufflent dans les salons huppés, ces dames montent encore en amazone sur la croupe des pur-sang anglais et s'assoient les chevilles en quinconce sur des fauteuils Lafayette à franges dorées. Asservi au plaisir dans le mariage, le corps féminin se trouve cadenassé dans un tas d'obligations. « Fais pas ci, fais pas ça » la devise bien connue de nos ancêtres serre la vis des plus audacieuses. Que les exubérantes rentrent dans le rang ! Qu'au sein du clan familial, elles se débarrassent de leur soif de vivre hors normes, sinon dehors !

Bien qu'épouse parfaite, Caresse s'en moque ; elle cherche un pis-aller au diktat des messieurs bon teint qui l'entourent. Si la chair est emprisonnée dans un corset, libérer les poitrines de l'antique armature représenterait un premier pas vers l'émancipation. Ce morceau de tissu, qui s'accroche dans le dos comme une brassière, à l'instar du futur soutien-gorge, fera couler beaucoup d'encre. La liberté du corps des femmes, n'en déplaise aux amateurs actuels de draperie et autres voilages tristounets, revient à Caresse Crosby.

En 1914, elle dépose le brevet de la brassière.

Moqueries, anathèmes, débauche des sens — la femme libérée devient une catin, la brassière une horreur ! Le scandale est total. Ses détracteurs la trouvent choquante, mais ses utilisatrices l'adoptent avec joie, et s'empressent de la défendre bec et ongles.

La brassière, c'est le confort !

Elle soutient sans blesser, sans écraser nos chairs.

Une mode épatante, esthétiquement parlant. Sans oublier ses vertus sanitaires et hygiéniques. L'académie de médecine ne peut que s'incliner…
Le sein n'est plus comprimé, les poumons respirent. Le téton de Madame ne se crevasse plus. Sa cage thoracique échappe à l'atrophie musculaire.

Soupir d'Edith Wharton…
Que de chemins parcourus !

Dans un premier temps, l'invention de Caresse libère
le corps des femmes, et le 18 août 1920, par un
amendement de la Constitution américaine, les
suffragettes obtiennent le droit de vote. En France, les
femmes voteront pour la première fois en 1945.

Années folles…
Paris, ville des Arts, attire les Américains

Coup de foudre, il se nomme Harry Crosby ; la jeune
Caresse divorce, et se remarie avec Harry, en 1922.
Deux jours plus tard, les époux s'embarquent vers la
France. Lui a trouvé un emploi dans la banque de son
oncle, il y restera jusqu'en 1923. D'emblée, Paris, ville
cosmopolite, les charme. Dali, Picasso, Fauré,
Cocteau, Surréalisme et Art nouveau se prennent les
pieds dans le tapis fauve du Futurisme ; l'homme
n'invente plus, il rêve ! Les jeunes mariés ont à peine le
temps de se retourner, que l'Amérique les rattrape.
Dans le Paris de l'entre-deux-guerres, toute une faune
d'écrivains, d'artistes franco-américains se côtoie, se
mélange, se sépare, se retrouve ; quand ils ne
produisent pas des chefs-d'œuvre, ils végètent.

Les Années folles ne sont pas une légende…

Fêtes à gogo, fumeries d'opium, champagne et
charleston occupent les premières années parisiennes

du couple. Harry et Caresse voyagent en Afrique du Nord ; ils écrivent des recueils de poésie. En 1927, ils décident de fonder une maison d'édition anglophone qu'ils nommeront « *Les éditions Narcisse* » avant de la rebaptiser « *Soleil noir éditions.* »

Publier James Joyce, Kay Boyle, Ernest Hemingway… ne sera pas qu'un passe-temps ; le couple vit pour la littérature et veut défendre ses auteurs.

Les années s'envolent…

Harry s'enfuit à Détroit avec une jeune aventurière. Surpris par le krach boursier de 1929, il est retrouvé mort aux côtés de sa maîtresse, dans l'appartement d'un ami près de Central Park. La thèse du suicide est attestée par les enquêteurs, Caresse sombre.

En 1930, elle écrit ses *Poèmes pour Harry*, un hymne à l'amour fou.

Dans son journal, Anaïs Nin décrit le besoin irrépressible de rose dans la vie de Caresse. N'est-ce pas la couleur de la joie, de l'insouciance, de l'enfance et de l'amour ? *Rrose Selavy…* Ce rose tendre qui s'accorde si bien avec le bonheur, une chanson d'Édith Piaf ou la fleur préférée des poètes.

Tandis que corset et brassière passent de mode, le soutien-gorge entre en fanfare dans les mœurs.

Défilés, cinéma, publicité, théâtre sautent dessus ; on l'exhibe partout. Sur scène, le personnage de Fanny, dans Chœurs-Croisés, le célèbre :

— Bien, à la une, à la deux, à la trois... Le p'tit oiseau va sortir ! Ouvrez bien grand vos mirettes, dégrafez vos antiques Playtex et laissez tomber vos soutiens ringards, le Chantelle nouveau est arrivé...*

Dans les années soixante, Caresse Crosby qui a posé mari et valises à Rome dans un palais rénové de A à Z, veut créer une communauté d'artistes en Grèce. Le projet n'aboutira pas... Après une vie trépidante, le 24 janvier 1970, le cœur de Caresse cesse de battre.

Journal 1944-1947 d'Anaïs Nin

« Notes sur Caresse Crosby : rose Elisabeth Arden. L'intérieur d'une coquille d'Aphrodite. Chambre rose. Salle de bains remplie de chemises et de négligés roses. Même couleur sur les livres, les pièces de l'appartement, les grilles du jardin, la boîte aux lettres et le papier à lettres. Marx Ernst l'a représentée comme un jupon. Le boudoir disparu. Mouvement perpétuel à force de toujours dire « oui » à la vie. » Anaïs Nin.

* Chœurs-Croisés, Ophélie Grevet-Soutra (éditions HF)

En vadrouille à Clichy

Au début, rien de spécial.
Une course à faire du côté de la place Clichy.

Un jour ordinaire... un jour de pluie, un jour avec des bottes. J'évite plusieurs flaques d'eau, pour rire. Je marche en zigzag, au pif sous les gouttes. Une histoire banale, en somme. J'étais juste partie acheter un bracelet-montre quand, il m'est tombé dessus. Littéralement, tombé dessus.

— J'avais rien demandé, mister Henry. Vous écrivez ! Tant mieux, moi aussi. Du moins, j'essaie.

On imagine une aquarelle, à la place des mots. Une œuvre bien de saison. Rencontre, discussion, tout s'arrose ici-bas. Un verre après l'autre, et l'on marche de travers. N'est-ce pas, l'ami ? La danse des pas. Couleur deuil ou macadam. Anaïs s'est enfuie ! Possible... Dès lors, écrire. Noircir des pages et des pages au bord des comptoirs. Du spleen en vrac. Et, l'auteur se souvient des *Jours tranquilles à Clichy,* le livre écrit pour Elle. Depuis ce jour grisâtre et délavé comme une aquarelle, je pars toujours en vadrouille à Clichy ou ailleurs, sans montre et sans bracelet.

Sexus, Plexus... ou juste un peu d'eau de mer sous le pinceau d'Henry Miller.

Cause perdue

Nous, les artisans de la prose en fleur d'opale
Nous, les fantassins nus, farfelus de l'octosyllabe

Gorge déployée
Ventre debout

Moitié cétacé
Moitié fauve

Chercheurs d'or,
Cavalier bleu
Hiboux bourlingueurs
Poètes désargentés

Et vous tous, héros de Stalingrad
Vous, soldats morts dans la plaine
Vous, millions d'enfants assassinés

Femmes reconstituées, bœufs écorchés, miséreux, culs
terreux, crève-tableaux, le siècle d'après, que sommes-
nous devenus ?

Aigre ciguë

De gouttes en flaques
L'insecte rouge cherche un pont.

Eh, oh... oh, eh... de l'eau
Un été dans l'eau
Un été à ondines
Un été gonflé d'ondées.
Manet, sa palette délavée
Mélange à l'infini,
Au gré du temps,
Tout est cadence...

La chair et ses arabesques
Les moissons d'averses
Chants et comptines
Des étés pastel, hier.

Dans les maisons hermétiques
Et closes comme des bordels
La ville boit sans discontinuer…
Ici, l'insecte rouge s'est noyé,
Et le sang rose des fleurs coupées a séché.
Peindre, sans céruse dans un verre de blanc,
Sans envie… trop d'eau, pour ses bouquets.

La fiancée d'hiver

L'écriture poétique d'Anne-Lise Grobéty estompe le gris des jours, chemine de concert avec les trilles de l'Oiseau bleu, ravive les couleurs des fleurs séchées.

Anne-Lise se lit l'hiver, en dedans. On la sent proche, à côté. On retrouve dans ses mots des sensations perdues, la musique des petits riens, la coquetterie des roses, la sauvagerie des chardons, et le coquelicot, piqué sur le revers d'une vareuse de soldat comme une bougie dans un gâteau d'anniversaire. Et surtout, on la devine présente, joyeuse, vivante, gourmande, romantique, aimante et… toujours aimée.

Extrait

« Vous dites que je suis froide et insensible. Certes, mes doigts, parfois, s'engourdissent et restent cabrés vers le centre de ma main : je suis votre fiancée d'hiver ; celle des cheveux bonnets de laine, celle des mitaines. Ma peau n'a pas l'éclat de la fleur du verger, ni celui du seigle mûr, ni celui des raisins translucides. Elle a l'opacité du gel sans la hardiesse du dessin, elle en porte la pâleur, et mes yeux c'est le gris bleu métal des ciels d'avant la neige… »

La Fiancée d'hiver d'Anne-Lise Grobéty ; éd. Bernard Campiche.

93

Bouquinistes... ou marchands d'air

La ville tourne une page, elle nettoie ses parapets.
Exit le bois des coffres, place au plastoc !
Les bouquinistes vont-ils disparaître ?
Comment départager le vrai du faux ?

Et ces arbres centenaires qui s'élancent sur chaque versant de la Seine, sont-ils tous appelés à périr sous la hache de la Mairie de Paris ? Terriblement gênant, encombrant... à couper, donc, pour favoriser le stationnement des 2 roues ?

Et le crottin de cheval ? Zut, honni soit qui mal y pense ! Refusons la confusion des genres ou d'époques, surtout ne cédons pas à l'exaltation.

La Seine, ses quais, ses berges et ses remous d'eau argentés, où glissent des péniches aux noms de femmes, on ne s'en lasse pas. Rêver, marcher, déambuler tout au long du fleuve antique, qui enchanta moult poètes, passants et autres adeptes du livre, sans oublier les peintres... Ô Seine, qui coula des jours heureux entre tes boîtes de livres anciens, tes admirateurs ébaubis vont-ils cesser de divaguer à la recherche d'un temps perdu ? N'embue pas, lecteur, ton regard de nostalgie, devant ces nombreuses trouvailles en papier jauni, chinées auprès des bouquinistes.

N'empêche, tout est signé, pesé, emballé. Les fonctionnaires ont tout calculé. Tout grignoté, comme des p'tits Lu. La rentabilité des quais au M2, la fréquentation du snack à l'angle du pont au Change, les feuilles mortes à ramasser, rue de Rivoli ou quai Voltaire, on ne mégote pas dans les services.

Le parchemin rare et précieux, ils s'en tamponnent le coquillard.

Bien trop occupés par la crise, le triple A, le double B ou les élections à venir, les cols blancs mettent le livre en jachère et sa diffusion en dernière position. Ils en font le cadet de leurs soucis. Pratiquement, un autodafé. La lecture se résumant, selon eux, à du temps mort.

L'amateur de vieux bouquins se souviendra peut-être de ces insolites boîtes de sardines exposées sur les quais, et affichées à un prix modique. Dessus, on pouvait voir cette surprenante inscription : *Air de Paris,* et les acheter pour rire. Un piège à touristes ou à provinciaux qui fonctionnait du tonnerre. Afin de gagner quelques sous, des étudiants des beaux-arts achetaient les boîtes d'air de Paname et les revendaient trois fois plus cher.

César transforma l'air en sculpture, Raymond Roussel découpa le soleil en papier noir, et Cérès, fille de Saturne, se mira dans un miroir à poissons.

Une idée, en passant…

Et si la Mairie distribuait gratuitement des *boîtes à sourires* pour animer les rues !

Bonne fille, Paris échangerait même ses sourires contre des cartons de bons points. Les points se transformeraient en bonbecs pour les enfants, en plantes vertes pour les plus grands. Tout un système comptable absurde en somme, qui en ferait sourire plus d'un…

Parisien, tête de hibou !

Imaginons…

La bonne nouvelle se répand à toute bringue. Une simple lèvre entrouverte sur une rangée de crocs peut rapporter gros, des liasses et des liasses de points.

Remuez vos lippes charnues, jolies mômes, c'est risette à gogos !

Dès lors, on sourit partout et jusqu'à plus soif. Le premier métro lui-même écarte ses grilles en s'esclaffant… Le chien montre les dents, le hibou se frotte les yeux, le poisson rouge souffle des bulles d'air comme un verrier, le soleil éclate de rire et, sur la vitrine du marchand de jouets, on peut compter jusqu'à cent tous les baisers des amoureux.

Zut, un imprévu ! V'là le ciel qui se change en plomb. Il pleut des cordes, l'humeur de la ville se charbonne. Elle tourne carrément en eau de boudin. De bouche en bouche, le sourire se fait la belle ; pire, il s'éteint.

Loin du sourire spontané, la secrète noirceur du malheur gagne du terrain. On voit mourir trente-six embellissements. Les chandelles crachotent, s'essoufflent, avant de clamser. Les joues s'étirent vers les oreilles et des myriades de sourires informes se figent les uns après les autres.

Zygomatiques en berne, la grimace froide, banale, consensuelle des automates se répand, comme dans une nouvelle d'Edgar Poe. Un spectacle ahurissant, à vous donner la chair de poule. Empêtrée dans ses courants d'air, une tristesse de porte-cochère tombe sur la ville. On dirait que le monde se sent de mal en pis dans sa vieille carcasse. On ne rencontre plus que des hommes pressés, anxieux, de moins en moins heureux.

Visages à soucis, entrevus à la chaîne, qu'on a privés d'espoir ou d'ex-voto. L'argent a tout raflé la mise. Le bonheur à deux balles fait florès, proposant des souvenirs en toc à des piétons robotisés. Il fait sombre, il fait froid, ça caille drôlement dans les rues de Paname. Même sous les abris-bus, on ne lit plus, on ne rit plus, le cœur n'y est plus.

Et dans la ville-argent, devenue invivable à force de misère, de saleté, de violence, de gouaille interdite, de repli sur soi, d'espaces verts privatisés, on ne rencontre plus que des milliers de boîtes, sans air ni sourire.

Et dans la ville-argent, les employés municipaux ramasseront des boîtes de conserve, en forme de tombes, avec nos corps dedans.

Et dans la ville-argent...

Les femmes d'Alex Prager

Ses modèles sont sexy ; de jolies dames pomponnées, et comme plongées dans un bain de couleurs.

Exit, le monde masculin.

Ici, on développe chiffons ou chignons de stars. Le rouge à lèvres déborde, le mascara aussi.

Alex Prager marche à contre-courant de la photographie actuelle ; elle met en scène ses modèles, les maquille à outrance, utilise des accessoires rétro. L'anodin, la chose, le petit détail qui tue ou les oiseaux d'Alfred Hitchcock s'invitent sur ses clichés en prémices d'une rupture. L'éternel féminin semble flotter entre deux eaux, entre deux vies, il nous renvoie au suspens intense d'une *Journée particulière** voulu par Ettore Scola.

Fringues, sodas, pop corn...

Les femmes d'Alex nous rappellent que la beauté, la maternité ou la bague au doigt ne révélaient que l'une des multiples facettes de l'imaginaire de nos mères, cousines, voisines ou grand-mères.

Du spleen qui s'entasse sous les bigoudis ? Règle numéro 1, enfouir son chagrin d'amour sous un tailleur en flanelle rose bonbon... Elles avaient l'art et la manière de retourner les crêpes, les dames d'hier.

Vous vous souvenez ?

Parfum à outrance, pour chasser les idées noires.
Nuage de baiser à la poudre de riz, pour rire.
Et, pas moyen de leur sortir un mot !

Le rimmel et le rouge à lèvres stoppaient net leurs confidences.

Chemisier à fleurs et bonne humeur, même combat ! Femme d'à côté, excommuniée par une famille à tête de veau, femme libérée, révoltée, indépendante, femme au boulot, au petit pot, à la foire et au moulin, aux semelles compensées pour courir aussi vite que le vent... comme le temps passe ! Alex Prager nous raconte un monde qui, d'une façon ou d'une autre, ne peut que nous toucher.

Pour échapper à la grisaille des jours, une photographe à découvrir !

*Une journée particulière d'Ettore Scola.

Ces messieurs de la Bourse

Nombre d'auteurs parisiens ont traîné leurs pénates du côté des vespasiennes et raconté par le menu leurs torrides histoires d'amour, ramassées en ces lieux.

On ne voyait bouger que des petits souliers sous la tôle arrondie des pissotières ; pas les sabots du père Noël, non non... mais bien, tous les vernis des bonshommes qui s'empressaient de vider leur vessie, à l'unisson. Et le bal des couvre-chefs, tout droit piqués sur des nuques frottées à l'eau de Cologne, apportait la touche finale à l'insolite décor et à son défilé de personnages. Casquettes et chapeaux, visibles au-dessus de la rotonde verte, bardée de publicités, entraient et ressortaient, après un tour de piste dans l'urinoir public.

Un spectacle de têtes à claques !

La pause pipi des premiers traders place de la Bourse... qui s'en souvient encore ! Il se raconte que bien des fortunes nouvelles se sont faites et défaites dans cet endroit, justement. Quant à la fameuse répartie de l'empereur Vespasien : « *L'argent n'a pas d'odeur !* », elle n'a pas pris une ride.

Bah ! Portefeuille ou braguette, dans la vie, tout est affaire de soulagement.

Autre époque, autres mœurs.

Le plastique des sanisettes et le pipi-room payant ont remplacé la vespasienne d'antan. On ne vend plus de cirage, car la chaussure se jette comme un mouchoir en papier. Quant à la Bourse, elle fait toujours couler autant d'encre sur ses planches à billets.

Sottises, dans ces conditions, que de diffuser un cours d'idées non côté en bourse !

Salon à la cour de Crésus

« O Crésus… Celui qui possède la richesse, mais à qui manque le bonheur, n'a que deux avantages sur l'homme heureux ; celui-ci en a beaucoup sur l'homme à la fois riche et malheureux. »

Hérodote, Liv. 1er, ch .XXIX à XXXIII

Le rouge-gorge

Ils furent amis... Qui donc ?

Henri Pichette et Gaston Miron. Du premier, l'on connaît sa pièce poétique *Les Épiphanies,* créée en décembre 1947 par Gérard Philipe et Maria Casarès.

Pour qui aime le langage, à défaut de revoir ce texte enfin rejoué, je conseille vivement une lecture spontanée des longs monologues du poète, à voix haute ou murmurée. Cette pièce est un bonheur sémantique à chaque mot. Une gourmandise à ne pas bouder.

Laissez-vous porter par l'univers abracadabrant d'un barde, écrivain et dramaturge, aux imaginations vagabondes.

On peut découvrir Henri Pichette aux éditions Gallimard, ou le retrouver dans des revues littéraires, tels l'Esprit, le Mercure de France et les Lettres françaises.

De son amitié avec Gaston Miron, autre poète radiant et majestueux, que reste-t-il ?

Face au désastre de la création dans un monde de plus en plus hermétique à l'Art... l'amour fou de la littérature.

Le chant mélodieux du rouge-gorge, que la terre dévastée et ses habitants ne savent plus écouter.

L'amitié de ces deux poètes nous ouvre les portes de la Lumière. Elle nous laisse face à nous-mêmes, au fin fond des silences célestes et des horizons blêmes.

Sempiternel recommencement, jusqu'à quand ?

En 1958, le poète Gaston Miron écrit :
« Les mots, les mots, ils ne m'auront pas... »

Autre confession :
« Je m'appelle personne. »

Des mots-pièges que Miron finira par éviter de plus en plus, pour s'enfermer quelques années plus tard, dans le silence :
« J'estimai face à l'écriture, que la seule attitude convenable résidait dans le silence, forme de protestation absolue, refus de pactiser avec le système, par le biais de quoi que ce soit, fût-ce la littérature. »

Dès lors, il cessera d'écrire.

Ils furent amis... un jour, ils sont partis sur la pointe des pieds.

Nous pouvons suivre, par la lecture, les traces
poétiques de Gaston Miron et Henri Pichette, deux
êtres véritablement trop épris d'absolu.

Tentative de leur dire...

Une ombre va-et-vient sur la gouttière...
Octaves et battements d'ailes
Un rouge-gorge boit à la coupe
de longues gorgées de soleil.
Boîte à musique... rêver, vivre un peu,
Goûter l'été jusqu'à la mort.

Mort d'un poète

Matin du 10 février 1996

Pensée Russe… s'y trouve un hommage à Joseph Brodsky, disparu au début du mois.

À l'arrêt de bus, un individu bien habillé s'empresse de récupérer le chewing-gum que je viens de déposer dans la poubelle. Je l'avais pourtant jeté en prenant soin de l'envelopper dans un kleenex.

Le bonhomme enfonce son bras dans la poubelle ; avec moult précautions, il retire l'objet de sa convoitise et le glisse dans la poche de son pantalon. Dégoûtant !

Place de la Concorde

Le ciel s'agite, noircit à grande vitesse, s'apprête à larmoyer… L'obscurité descend en trombe et grignote les arbres, les colonnes, les murs des Tuileries. Un ruissellement de fils charbonneux bloque la vision ; seuls, les ors qui brillent au sommet des monuments rappellent aux pauvres passants, pris au piège de l'humeur capricieuse des nuées, que l'Homme est un chercheur de trésors.

Sans transition, une pluie noirâtre chevauche la place et du fond de la poitrine du ciel s'évadent de célestes prisonnières ; des giboulées au cœur lourd martèlent le macadam de grêlons, gros comme des œufs de pigeons, coupent la tête des primevères ébahies, lavent les toits de Paris, chantent le blues, par la même occasion.

Une heure plus tard…
Un trait de cobalt fend le gris du ciel en deux.

Je pense d'emblée à un dessin d'artiste, livré à la grâce malhabile d'un enfant sage, à une image découpée. Je pense à Louis Soutter et, à ce sourire féminin échappé d'une de ses peintures aux doigts, qu'il traînait comme une balafre dans un paysage de neige.

L'île de Sein... d'Henri Queffelec

L'écrivain Henri Queffelec, dont la plume se trempe dans les bleus du ciel et les rivages escarpés de sa Bretagne natale, réussit avec son livre « *Un recteur sur l'île de Sein* », à embarquer ses lecteurs dans une traversée mouvementée.

Un roman sur la résistance.

Rédigé pendant la Seconde Guerre mondiale, on devine que la métaphore de la tempête n'a rien d'anodin. Fêlure morale, spirituelle, existentielle, les habitants de l'île s'efforceront d'endiguer le désastre dû au départ de leur curé ; ils n'acceptent pas que leur destinée soit intrinsèquement liée à la mise au rebut de leur enfermement ou au combat éternel avec l'océan. L'écriture dense, charnelle, rigoureuse d'Henri Queffelec s'en va à la rencontre des « *gens de l'île* » ; ces insulaires ni plus ni moins mauvais que d'autres hommes, qui luttent à leur façon contre l'anéantissement de leur bout de terre flottant, possèdent mille et une ressources intérieures que ceux du continent ne peuvent pas comprendre.

L'île, un caillou où rien ne pousse.

Le décor est planté, l'île de Sein est un cimetière de galets. Le dernier recteur de l'île a pris la poudre d'escampette.

Le bruit de la mer, le vol des goélands, les poutres de la sacristie qui grincent au moindre coup de vent, le curé n'en pouvait plus. Pourtant, les paroissiens sont fiers de leur église ; ils s'y retrouvent tôt le dimanche, afin de se recueillir, d'écouter le sermon, de se laisser bénir, et aussi de bavarder. Pater, Ave, de profundis... on prie, on chante pour les morts, sans oublier de demander à Dieu qu'il envoie un nouveau prêtre sur l'île. Que la pêche soit miraculeuse. Ou que les flots en colère rabattent sur la grève deux trois épaves riches de trésors à récupérer. Bref, on égrène son chapelet pour tout un tas de raisons avouables ou non, mais toujours nécessaires.

Malheureusement, l'évêché fait la sourde oreille ; on ne flairera pas de sitôt une soutane dans les ruelles de Sein, les îliens vont devoir se choisir un curé.

Face au chaos, l'homme s'organise comme il peut.

Le jeune sacristain, Thomas Gourvennec, traîne comme une âme en peine dans la cure. Comme tous les dimanches, la paroisse se remplit ; les gens attendent l'Esprit Saint, l'ancienne bonne du presbytère rase les murs de la sacristie, l'autel cherche son serviteur. Pêcheur de père en fils, Thomas se sent plus à l'aise dans une barque, à relever ses filets ou à tourner le gouvernail, qu'à endosser l'aube blanche. Or, son cœur bout...

Les îliens sont de bons chrétiens, il ne leur manque qu'un berger. Si seulement la main d'un prêtre pouvait passer par là ; la sienne, il s'en convainc, fera illusion.

Tout éberlué, mais porté par son audace, il lève les bras, gazouille un « *Oremus* », s'agenouille, se souvient du Credo, de l'Ave Maria, de toutes ces imitations qu'il lui arrivait d'effectuer dans le dos de l'ancien curé, à ses heures perdues. Son premier sermon lui vient naturellement ; une harangue où tout se mélange, la honte du péché, la menace, le repentir, l'avertissement, le breton côtoyant des expressions latines qu'il écope de sa mémoire comme un trop-plein d'eau de mer.

Un succès ! Mieux, une réussite, à deux doigts de l'ovation. Dans une église, on se tient à carreau, « on ne parle pas, » ce sont les mots de Thomas Gourvennec.

Les petites faiblesses humaines grouillent sous l'œil de Satan.

En endossant l'habit, il faut s'en coltiner la tâche. Les îliens ne sont pas tous des enfants de chœur. Sans aller jusqu'à trucider son prochain par pure cupidité, après tout la mer et ses falaises ne se gênent pas pour envoyer ad patres nombre de naufragés, le vol représente une bien étrange action. En échange d'une poignée de pièces d'or, l'homme peut vendre son âme au démon. La preuve !

Un gredin s'est spécialisé dans un exercice lucratif : sauver des naufragés pour les dépouiller de leur argent et de leurs vêtements. La rumeur a vite fait de trottiner ou de dériver jusqu'aux oreilles de l'évêque et de la maréchaussée, et si l'on ne veut pas voir débouler une armée de gendarmes sur l'île, il s'agit de l'endiguer.

Thomas, devenu entre-temps recteur provisoire, décide de s'en charger. Il godille vers la côte, défend ses ouailles avec ardeur, et rapporte une bonne nouvelle à ses paroissiens. L'enquête restera au point mort.

À son retour, l'église courant toujours après un besoin pressant de deniers, il soulagera le voleur de ses pièces d'or.

Furieux, le gaillard dépossédé de ses richesses mal acquises ruminera sa vengeance dans son coin ; on le voit rôder sur la grève, épier les allées et venues de son ennemi juré, pousser la Lisette Le Bihan à empaumer de ses charmes soutane et curé, il ira jusqu'à se débarrasser du grand-père paralysé de Thomas, d'une façon pas très catholique.

Une bouche à nourrir de moins sur l'île, évidemment ça compte ! Le grand-père reçut des funérailles grandioses, une vraie cérémonie religieuse à mettre dans les annales de l'île de Sein. Une femme, qui ramassait du bois sur la dune, tombera entre les mains du voleur d'or, dans un accès de folie, il la culbutera...

Sinon, la mer respirait fort autour de l'île.

Comme chaque année, « *Les mois noirs* » s'installaient ; l'hiver apportait son lot de deuils, de crachins, de tempêtes, de vagues vengeresses.

Homère l'aperçoit et passe son chemin…

La terre paraît si minuscule, si fragile, avec ses jardins submergés. Le gris ardoise de ses falaises n'inspire plus que les épaves ou des marins fous, égarés, imprudents. L'œil luisant des méduses, comme un ver, se rétracte. Le vent se lève ; il dévaste tout ce qu'il rencontre, les hommes, les pierres, les toitures endormies. Entre vague et ressac, les sirènes s'emmitouflent d'écume. Les barques se soulèvent, dodelinent de la croupe, avant de retomber sur le côté, en gémissant. Une tempête pareille, de mémoire d'îliens, on n'a jamais vu ça. La mer est enragée. Elle frappe la terre au visage, meurtrit sa belle face d'enfant et de vieillard, la flagelle. Les insulaires se terrent chez eux. Ils ne prient plus. Ne communiquent plus. L'île a perdu la foi et la vue ; fêlée, grêlée, hantée, éborgnée, livrée à ses bas instincts, elle ne se reconnaît plus. Le mal est à ses trousses, il va la contaminer.

Veillées du soir, espoir…

Le pas solide dans leurs sabots de bois, des silhouettes grises et furtives bravent le vent mauvais et se pressent vers la masure du conteur.

On s'agglutine autour de l'âtre, on se réchauffe, on regarde bouger les lèvres des anciens au rythme de leurs récits. Aux premières heures du jour, les hommes passent l'île en revue, ardoises, épaves, chaloupes, croix en pierres du pays, quelques dégâts sont découverts, ici ou là, mais dans l'ensemble elle a bien résisté.

Après la pluie, le beau temps ou… la Renaissance

Passent les jours et les tempêtes, sous les lotissements du ciel ! Le renouveau est en marche. Peu à peu, la mer change d'humeur. Des remous sans sauvagerie s'échappent des profondeurs, ses clapotis lèchent les galets avec douceur.

Ô joli mois de mai, la belle saison hisse la grand-voile !

Le fumier de goémon lentement se désagrège. La vase se retire sous le regard placide, azuréen des cieux. Sorties en mer, pillages d'épaves, messes du dimanche, le train-train des habitants de Sein reprend.

N'empêche… Qu'un simple pêcheur, ignorant du latin, des effets de chasuble et autres services sacrés, ait pu endosser la robe, et administrer la communion comme un véritable curé n'a pas manqué de faire jaser. Fort turlupiné par l'ampleur du scandale, l'évêque envoie des émissaires sur l'île. Un curé véritable les accompagne…

Le cœur de l'île, mis en musique par l'auteur Henri Queffelec, dans un style, une voix, une onde poétiques, donne le tournis. Ses personnages ont la solidité du granit, la fragilité d'une aile de goéland.

Un Recteur sur l'île de Sein est une œuvre de jeunesse, allegro molto vivace comme le deuxième mouvement de la Neuvième Symphonie de Beethoven... on s'en imprègne et c'est divin.

Extrait

« (...) Des fleurs, au hasard de l'île, renaissaient. Au bord des rivages, les fleurs du Saint-Sacrement, dont le vent fripe les grands pétales d'un jaune pâli, et dont l'amertume se lie si bien à l'irruption de la dune sur la grève, recommençaient leurs groupes. Il ne semblait point qu'elles baignassent dans l'eau. Elles devaient sortir de pierres maléfiques, s'imprégner et vivre de pierre... Les marguerites, à même l'herbe, renaissaient. Le vent dissipait les coquelicots le jour même de leur floraison et leurs têtes noires se dressaient, mélancoliques, tels des chauves qui ont perdu leur perruques ». Henri Queffelec.

*Un Recteur sur l'île de Sein, d'Henri Quefellec 1944, éditions Stock

Planète blues

Ce matin, tandis que je remontais le trottoir qui longe le bâtiment hideux de la bibliothèque municipale, quelle ne fut pas ma stupéfaction de voir la queue des premiers lecteurs ! Ils étaient de toutes races, tailles et couleurs, leurs aboiements réveillaient tout le quartier et les passants, bipèdes affairés par leurs tâches quotidiennes, les ignoraient. Mieux, ils se hâtaient, sans les regarder.

L'effet de surprise passé, je m'interrogeai.

« Est-ce un rêve ? Une hallucination ? Sont-ils venus en délégation pour lire ? Un chien peut-il emprunter, feuilleter, emporter les *"Misérables"* ou *"Les Bucoliques"* pour les dévorer comme des os ? » Ils s'étaient installés dans la charrette d'un cantonnier de la ville quand, le plus audacieux d'entre eux, un roquet aux yeux vifs, perçants, intelligents, portrait tout craché du petit chien de Victor Hugo, m'interpella :

— Hep, vous là-bas… Oui, vous ! Nous voudrions connaître les heures d'ouverture de la bibliothèque.

La politesse de l'animal méritait le détour ; je me dirigeai sans crainte vers la meute qui donna de la voix.

Une dizaine de truffes se tendirent vers la mienne, dix regards me transpercèrent, et les vocalises cessèrent d'un seul coup. La rue continuait à bazarder le jour, le vent à chasser les nuages, les passants à s'animer, à galoper, à s'éparpiller. Je m'approchai de l'entrée de la bibliothèque, récitai à voix haute les horaires du lieu, sans oublier de préciser sur un ton moqueur : « Les portes vont s'ouvrir dans cinq minutes, mais les chiens sont interdits. »

Un molosse à la voix graillonnante s'emporta :

— Nous sommes venus sur la demande expresse du maire. Aujourd'hui, c'est du sérieux. Nous avons tous reçu un carton d'invitation, avec le tampon de la ville.

Une chienne croisée labrador enchaîna :

— Il dit vrai ! Essayons de nous organiser. Un certain Virgile doit présider la manifestation…

Un bâtard joua des coudes ; il jappa :

— Le roi des abeilles, c'est moi ! Poussez-vous, je veux passer en premier.

Les paroles des chiens fusaient ; à mesure que les secondes filaient, une frénésie excentrique gagnait le petit groupe. Je n'osai imaginer la tête de l'employé à l'ouverture des portes. La bousculade s'annonçait mémorable !

Me défiler, j'y songeais de plus en plus, quand le petit chien d'Hugo retroussa ses babines :

— Silence ! Vous me brisez les oreilles ! Pensez-vous réellement que les hommes désirent nous ouvrir leur cœur ou les portes de la connaissance ? Détrompez-vous, les amis. Ils nous ont convoqués par intérêt. Le casse-croûte promis est un piège, ils veulent nous recenser pour mieux nous occire.

Un chihuahua se gratta le dos :

— Nous, quoi ?

Le petit chien rusé précisa :

— Nous zigouiller, patate !

Un vent de panique souffla. Les chiens s'ébrouaient, retroussaient leurs babines, vérifiaient leurs ergots ; ils se tenaient en arrêt, s'apprêtant à bondir au moindre pépin. Je ne voyais toujours pas le rapport entre sandwich et bibliothèque.

Derrière la porte, on entendit remuer.

Sons de clefs, de souliers, de respiration humaine... l'ouverture était imminente. Et comme je voulais comprendre, je m'attardai. Soudain, une sirène de pompier perça les tympans de la rue. Puis, je vis un corps en détresse.

Une dame âgée se rapprochait en trottinant. Elle courait presque... poussant un chariot devant elle, ahanant sous l'effort, sa figure était devenue rouge pivoine d'avoir tant forcé sur ses jambes maigrelettes ; elle pouvait avoir quatre-vingts ans ou plus, sa silhouette slalomait entre les obstacles, passants, poubelles, landaus, concierges débraillés, écoliers à la bourre, elle les évitait comme un champion de base-ball. Un chapeau de paille fleuri tremblotait sur le sommet de son crâne ; il écrasait une coiffure, tarabiscotée en chignon indolent, négligé, monté à la hâte. Ayant rarement connu d'aussi vives secousses, la chevelure commençait à s'effondrer. Arrivée à environ un mètre de la meute, la dame s'écria :

— Mes amis ! Mes pauvres chéris, vous vous êtes trompés d'adresse. Le CCC, entendez « le Club des Chiens sans Collier » vous a invités au refuge Gramont. Vous avez confondu les deux, la bibliothèque porte le même nom que la fourrière. Ici, on ne vous donnera rien à manger. Allez ! Suivez-moi !

À cet instant, la porte de la bibliothèque s'ouvrit. Un homme à longue barbe blanche, qui était vêtu à la mode d'un autre siècle, dévisagea le surprenant attroupement. Une grande bonté se lisait dans son regard ; pas de doute, ce bipède-là aimait les chiens. La dame écarquillait les yeux, je n'étais pas en reste.

— Victor Hugo, je le reconnais ! C'est lui !
S'enthousiasma le petit chien aux yeux rusés.

Maintenant, ne me demandez pas si l'homme a réellement prononcé la phrase qui suit :

« Le chien c'est la vertu qui ne pouvant se faire homme, se fait bête. »

— Et, pourquoi pas ? reprit le molosse. Le poète l'a écrit, ne revenons pas là-dessus, point barre !

Le jour charroyait sa grisaille, rappelant à l'ordre les rêves qui ont tendance à se dissiper. Il se peut qu'en découvrant cette aventure, un lecteur s'étonne… Qu'il se rassure, la pagaille ne dura qu'un temps !

Les bibliothèques sont interdites aux chiens.

Demain, on interdira la gente canine partout, squares, trottoirs, maisons, itou. Chacun retournera à sa routine. Les nuages reviendront astiquer la terre au brou de noix. Et les gens hurleront des slogans hostiles aux animaux. On brûlera même *Un Cœur de chien*, et tous les livres qui parlent d'eux.

Les mairies traqueront les dissidents ; elles placarderont des affichettes : ceux qui enfreindront le règlement risqueront la peine capitale. Les passants n'oseront plus marcher normalement ; ils baisseront la tête.

Et moi, qui désirais juste vous raconter une histoire merveilleuse… Une histoire de chiens et de poète.

Planète blues, sanglote une guitare céleste.

Pourquoi avez-vous chassé le meilleur ami de l'homme ? Les bibliothèques ont fermé leurs portes à tout jamais. Les enfants ont enterré leur ours en peluche dans des jardins abandonnés. Et les seuls témoins de ce récit enchanteur ont à jamais quitté une ville, qui ne voulait pas d'eux.

*Cœur de chien…

Extrait :

« Boule lisait. Il lisait (trois points d'exclamation). C'est le Glavryba qui me l'a fait comprendre : il lisait, mais en commençant par la fin. Et je sais aussi où se trouve la raison de cette étrangeté : dans le croisement des nerfs optiques chez le chien. »

*Cœur de Chien, de Mikhaïl Boulgakov, éditions Champ Libre.

Maryse Condé... au pays de la Mangrove

Née avec le regard de l'écrivain, sa voix nous est parvenue après bien des périples. De la Guadeloupe à Paris, en passant par l'Afrique, elle posera un temps ses valises en France pour enseigner la littérature à l'Université, avant de s'installer définitivement aux États-Unis.

La bougeotte du pigeon voyageur ?
Non, l'expérience.

Romancière, journaliste, auteur dramatique, Maryse Condé a exploré les multiples facettes de l'écriture avec grâce et talent. Pour la découvrir vraiment, il faut plonger dans son œuvre.

Lire... Les pages se suivent. Le cœur s'emballe. Dans son univers romanesque éclosent toutes les traces et rémanences d'une vie de femme engagée. Créer en se tenant toujours à l'écoute des pulsations d'autrui. Ne pas relâcher son attention, même si le temps qui passe cherche à brouiller l'image de la blessure. Écoper les larmes de la vallée, par l'écriture. Proche du vivant, justement, et des déshérités, Maryse Condé ne cesse de travailler ou de sculpter la matière humaine, sans jamais tricher avec les multiples imperfections de l'homme. Sa glaise à elle se modèle avec les mots. Son burin est un stylo. L'imaginaire, son vrai pays.

L'air pur de la Résistance

Lorsqu'elle découvre Aimé Césaire, elle a 16 ans, et son cœur se met à bondir. Un auteur revendique enfin sa négritude à visage découvert. Il ne deviendra pas un Noir écrivant pour les Blancs, en amuseur de soirées littéraires. Il est, Aimé Césaire, ramasseur de fleurs à cou coupé, sur les trottoirs de Harlem ou de Malabo. Un poète de la Liberté, qui chante l'espérance et le goût de créer, malgré les rejets, qui jalonnent sa Vie. Le monde s'est échafaudé avec des creux et des bosses, des strates d'existences saccagées, où stagne sans fin la répétition.

Les mots…
Oxygène, et bouche-à-bouche

À l'origine du Verbe, le langage embrasse sa jolie moitié, le rêve. Le sourire et l'Infini… Un lambeau de ciel bleu, sous les tropiques. Comme un diamant noir, l'œuvre de l'écrivain Aimé Césaire, offre ses éclats d'âme et le partage arrondi des fruits de l'amour.

La Mangrove…
le pays où les arbres chuchotent

Le livre de Maryse Condé est une traversée au cœur de la Guadeloupe. Tout autour, la forêt materne les jours. Un individu est venu mourir à Rivière au Sel, et les langues du petit village commencent à se délier.

L'identité du mort reste un mystère, mais ses « *Yeux de chien bleu* » vont ressusciter, à partir du récit de chaque habitant.

> Parler, sans s'arrêter…
> On les écoutera tous.

Cyrille le conteur remue les braises du passé. Mira, l'enfant de la ravine, une rêveuse belle « à mettre le feu aux bénitiers », ne songe qu'à fuguer. Vilma adore les livres, mais sera exclue de l'école. Et aussi, Dinah, Lucien, Sylvestre, Pélagie… ils ont tous une histoire à raconter en parallèle de celle du mort. Ils cachent tous en eux le Dit de soi, qu'ils cherchent à repousser dans l'obscurité. Ces recoins d'affect cent fois explorés, tenus à résidence et à l'écoute de la nuit qui tombe. Maudites soient les insomnies, grouillantes de regrets.

Nul ne s'échappe de la Mangrove. En pensées, peut-être ! À l'ombre de la mémoire, quand le ciel danse la biguine ou la polka et s'enfuit entre deux trombes d'eau !

Chuchotis des gouttes de pluie, coulures d'or sur les feuilles de palétuviers. Parfum d'hibiscus dans les cheveux de l'engrossée. L'homme boit cul sec ses illusions, afin de se métamorphoser. Mais en dedans, il reste prisonnier.

> Voilà pourquoi, parler, raconter…
> C'est partir un peu.

123

Tout au long de sa « *Traversée de la Mangrove* », l'auteure joue plus d'une fois à brouiller les pistes. Face à l'intrusion de l'Étranger, elle nous offre de traverser un miroir.

On se retrouve très vite lecteurs-acteurs d'une mort qui pose question. Les heures perdues à décortiquer les détails d'une vie, on ne les compte plus. Toute une nuit à coudre des monologues ou des petits mouchoirs en dentelle blanche…

Le rhum peut couler à flots…
les cancans vont bon train.

Veillée funèbre autour d'un vagabond-écrivain, qui a passé son existence comme un orage. Son histoire n'est sans doute qu'un prétexte. Un peu comme les racines de la mangrove, qui grignotent les sols et s'obstinent à étouffer silencieusement toute velléité d'indépendance chez les insulaires.

À la Rivière au sel, on attendra le « devant-jour »
pour enterrer ses préjugés
avec l'inconnu.

Dans ce roman, Maryse Condé pousse les portes du fatum en démontant, comme un château de cartes, de nombreux rouages de la nature humaine. Écrit dans un style vivant, imagé, rythmé, la petite musique de son livre séduit et devient vite entêtante.

Sous une apparente légèreté Maryse Condé touche au but… secouer poétiquement nos mentalités si tristement banales de repli sur soi : car l'Étranger, figure majeure de l'Odyssée d'Homère ou de l'inconnu travesti en soi, n'est pas forcément celui qu'on croit.

En randonnée avec Jacqueline de Romilly

Ses escapades l'entraînent vers les sommets de la montagne Sainte Victoire, en toutes saisons. Raidillons, sentiers, rochers, sous l'œil complice du ciel, Jacqueline de Romilly célèbre la montagne et ses voies de traverse dans un ouvrage à couper le souffle, *« Sur les chemins de Sainte-Victoire. »*

Quand le livre devient une promenade, partagée avec ses lecteurs par la grâce de son écriture, on sent passer le bonheur à portée de main. Pour le voir, pas pour lui faire du mal ou le bousculer, essayons juste de l'attraper dans nos filets à papillons percés. La vie actuelle se replie sous un palimpseste de stress, de tristesses, de désillusions au quotidien. Le temps de la contemplation est considéré comme inutile ; temps perdu, temps bouillu, l'homme moderne n'en veut pas. L'angoisse du lendemain rogne le goût de la liberté. Prisonnier d'une pensée exacerbée par les chantres du sauve-qui-peut en général, l'homme souffre d'un matraquage de modèles sociaux, politiques, intellectuels, artistiques, moribonds, désossés, sans réelle envergure ; mais plus édifiant encore, la flânerie du regard ne fait plus rêver quiconque.

Un tableau noir, donc. Sans inscription nouvelle. Une couleur obscure et monochrome d'où, inexorablement, toute espérance s'efface.

L'auteure, elle, flirte avec les couleurs

Une carrière universitaire longue et bien remplie, une épée d'académicienne, sans oublier une vocation qui l'a retenue pendant des années dans les riches terres de l'antiquité et des penseurs grecs ; quand Jacqueline de Romilly écrit « *Sur les chemins de Sainte-Victoire* », l'âge commence à lui jouer des tours, mais elle est bien décidée à parcourir la montagne qui l'enchante depuis toujours.

Entre impressions et ascensions, elle va la célébrer.

Leur première rencontre date de la dernière guerre ; la France est vaincue, coupée en deux zones, l'exode repousse des flots de réfugiés dans le sud, l'auteure vient d'avoir vingt ans. Entre elles deux, le coup de foudre est instantané. Sous l'occupation, pas question de baguenauder. Sa famille doit songer à se mettre à l'abri. Son amour pour Sainte Victoire, lieu de paix, de méditation, d'enchantement, attendra des années avant de se concrétiser… il s'achèvera en réelle passion.

Des pages comme des bouffées d'air pur…

J'ai entendu ses pas glisser dans les épines de pins. Les outrances du ciel ou du soleil couchant, je les ai vues comme elle. Les senteurs, les couleurs, les fleurs sauvages qui vont à la rencontre des marcheurs me sont devenues familières… Le cœur des mots, soudain, remplace la ville et ses sales chamboulements.

La douceur, la lumière, l'émerveillement m'emportent loin, très loin, des miasmes de la vie citadine. Son ode à Sainte-Victoire m'a permis de suivre avec ses yeux à elle, les chemins du Beau, du simple, du chant poétique. Le spectacle sans chichis du plein air enivre le marcheur de sa sérénité ! Soudain, les hommes sont métamorphosés en cigales par les Muses... Au banquet de la nature, le superflu n'existe pas. La montagne ouvre ses portes aux amoureux, aux enfants-randonneurs, aux buissons de genêts, aux oiseaux de nuit ou du jour, au refuge de bergers où, en son temps, Zola se reposait.

Montagne indomptable, paradis des solitaires.

La sauvage est coquette ; pour s'en convaincre, il faut la voir changer d'humeur et de couleur. Il faut suivre des yeux ses caprices enchanteurs, auxquels chaque promeneur est convié. Mais surtout, face à l'arrondi de ses flancs escarpés, que la palette de Paul Cézanne a recréé sans relâche, l'homme se débarrasse des sirènes du désespoir. Le bruit court même que la montagne peut, le temps d'un regard, réveiller le bel endormi... le sens de la Vie.

Jacqueline de Romilly : Sur les chemins de Sainte Victoire : éditions Julliard 1987.

Ondes radiophoniques

Blanc d'œuf sur la fosse de Viznar,
Où tomba Federico Garcia Lorca,
Mouette aux ailes de lilas rose,
Dis, quand reviendras-tu ?

Ami, joue-moi de la guitare,
Dans les jardins de Cordoba.
Enfant à la colombe d'opaline,
Petit homme du Théâtre d'ombres
De la rue sans toit,
Réveille-toi…

Ô, sainte Patronne des artistes,
Si mon crayon pouvait parler…

Un pinceau s'endort sur son motif,
Une voix grasseye son éternel refrain :
« Par ici, la soupe populaire,
À l'abri des courants d'air ! »

Des marchands vénitiens déballent leurs produits ;
Place San-Marco, v'là qu'ils repoussent les mendigots !
Le grand capharnaüm des clochers
Nasille son glas dans un ciel amarante.

Radio Paris ment,
Radio Paris est…
No comment !

Des pigeons au ventre bleu roi se brisent
Comme des objets de porcelaine andalouse,
Un ciel, mi-figue mi-raisin, plonge à la renverse
Dans des marelles d'eau phosphorescentes,
Flic flac, cou tordu, jaune d'œuf échappé du pain,
Hiver grisaillant, groseille à maquereau, confidences,
Marmelade, larrons en foire, cape et d'épée, non !

Capulet, capucin, cappuccino !

White prosodie,
Black Spirit…
Poe aime les allégories,
Les pendules vivantes,
Et sa Bérénice à la folie.

Et lui ! Lui… l'ode, l'églogue,
Le petit poème en grillage métallique,
Troué de réflexes mnémotechniques,
Qu'on tord, coupe, cisaille à la pince-étau.
Trafic d'écrans, d'océans, d'aimants,
De sons, d'ondes, de boutons,
L'électronique ? On s'en fout !

Capes et grelots de capucins, cappuccino !

L'œil gourmand mange la carte du voisin,
L'œuf au coin de ta bouche a jauni,
Le bœuf saigne en morceaux choisis,
Ils font la noce dans les beaux quartiers,
Nous, on attend toujours le plat du jour.

Les émissions bourdonnent,
Programmes en boucles d'orages.
Boules de neige enfantines,
Nos ardoises ont blanchi.

Pagaille des poèmes ivres de Mer...
En noir et blanc, les coquillages,
Au Pied marin, on se biture à la cohue.
La nuit des vieux manteaux crache du sang noir,
Et l'Homme révolté s'écrie :
« Matelot, ferme ta radio ! »

Le goût amer du timbre-poste

Plus le temps passe et plus le prix du timbre s'envole… Un symbole de l'écrit, du voyage, de la communication mis à mal par un coût exagéré.

Son prix, comme celui du lait et du pain, ou de tout produit de grande nécessité, devrait être bloqué ou du moins sérieusement encadré.

Prétendre lutter contre l'analphabétisme ambiant et s'attaquer à l'un de ses outils de base, le courrier et l'écriture, n'est-ce pas une aberration ?

Enfant, nous rêvions longtemps en découvrant le timbre choisi par l'expéditeur. Avant de le découper et de le ranger dans sa boîte spéciale, nous le détaillions sous toutes ses coutures, pas peu fiers et heureux. Plus tard, recevoir une lettre joliment oblitérée nous étonnait. Très souvent, le timbre s'accompagnait d'un clin d'œil. Il collait avec une certaine communion d'esprit, l'envoyeur ayant su trouver l'image juste, le petit signe venu d'ailleurs, la marque originale qui changeait en surprise le train-train des jours sans joie. Les années ont passé, et le prix du timbre augmente encore… comme tout, me direz-vous ! Les fêtes approchent, les foules vont dépenser. Noël et ses agapes, passage de l'année quasi obligé.

Les uns achèteront sans compter. Quant aux autres, ils se disent : « On se serrera la ceinture… Un peu plus, beaucoup plus, mais mes enfants auront un cadeau. »

Un jour viendra où, comme la boîte aux trésors de notre enfance, nous ne pèserons guère plus qu'un petit tas désuet de souvenirs. Nos cachets, bouts de papier à trois francs six sous, sans valeur aucune, collectionnés au petit bonheur, évoqueront nos engouements d'hier ou nos passions endormies. Un tel aimait la musique, un autre l'Histoire, un autre encore, la poésie ou la peinture… et le timbre posté par un être cher manquait rarement son effet. Il tombait juste, on peut le dire. Il permettait de préciser sa pensée, d'ajouter tout ce qu'on avait oublié d'écrire. Il redonnait de l'espoir au soldat dans sa tranchée. Il apportait la dernière touche à un billet d'amour ou à la lettre d'un ami. La correspondance ne pouvait se concevoir sans lui, le timbre-poste !

Un sale pressentiment. On parle de lui au passé… Comme si le timbre allait bientôt disparaitre, entraînant dans sa chute le verbe, la liberté, l'art épistolaire, la communication, le goût des autres et de la Vie.

Le puits de lumière

La fée des insomnies
L'agonie des vieux jours
La rue aux moisissures
Et les cafards miracles

Et la nuit du silence...
La fin obscure qui ronge
Ronde comme un vers
Le ventre des humiliés.

L'œil errant du chien jaune
Le concerto a capella des âmes
Le fanion rouge sur les vagues
Et le cri du nouveau-né caché.

Chant d'ombres, De profundis.
Clarté, ô pâle clarté…

Clarté, faiseuse de cendres,
Croire encore à ta lumière
Ou tomber dans un puits
Au mitan du jardin.

Les affamés sont-ils tous des êtres sympathiques ?

Le premier affamé qui me vient à l'esprit, se nomme André Glucksmann, l'ami des sans voix.

Il a relacé ses chaussures d'enfant et s'en est allé dans un endroit apaisé, là où le ciel ne détourne pas à tout bout de champ la Pensée, le Pardon, l'Être et le Néant ou l'Existence malheureuse à des fins essentiellement terre à terre. Épris de vie, de justice, d'harmonie, d'intelligence, il compte parmi ceux que la dictature du vedettariat n'aura pas réussi à mettre au pas.

Comment évoluer dans son époque sans se délester des fardeaux du passé ? Seules les statues se figent sur leur socle d'airain ; le philosophe, André Glucksmann, lui, préféra choisir le mouvement. L'immobilisme idéologique enferme l'homme dans un no man's land grisâtre, une terre sans espérance, un lieu sans chant d'oiseau ni Liberté.

Il existe une autre variété d'affamés…

Les ogres ! Ils manient la pelle et le piège à moineaux à tour de bras en vous donnant la nausée. Gros bouffeurs, gras de la tripe, mangeurs d'oiseaux, ces

135

ripailleurs d'un genre nouveau traquent sans vergogne les pinsons du Nord, les rouges-gorges, les chardonnerets élégants, afin de les dévorer en brochettes ! Sont-ils affamés à ce point ? Sont-ils sourds, bouchés à l'émeri, insensibles au plus céleste chant du monde : les trilles de l'Oiseau bleu ? Les nourritures terrestres possèdent une étrange saveur, ces derniers temps. Un goût d'artichaut pourri.

La révolte silencieuse de l'Art brut

Pendant la Seconde Guerre mondiale, Jean Dubuffet dessina et donna un nom à ceux qui dévastaient la terre : *les mangeurs d'oiseaux...*

L'homme qui marche, meurt, écoute l'Opus révolutionnaire de Chopin, sauve son cœur. L'artiste n'a pas de couleur en particulier, il les a toutes. Laissez-le peindre, écrire, danser, chanter, composer, philosopher ou imiter les comptines du merle noir, merci !

La nuit commence à tomber...
Nous sommes tous des affamés.

« Kokolop, kokolop, ça c'est la bécassine sourde, kokolop, kokolop, est-ce qu'on ne dirait pas un peu le trot de notre cheval ? Le bécasseau violet, c'est comme quelqu'un qui rit : pupupupupu. Et le râle d'eau, gruunveeit, grruit, grou, gra, à quoi est-ce qu'il vous fait penser ? » La promeneuse d'oiseau. Didier Decoin (Editions du Seuil 1996)

Le chant des masques

Le premier est sorti des entrailles de la mère, chair de bébé vagissante, avec une bouche, des yeux, des menottes, et un cordon coupé net, au ras du nombril.

Masque-ombilic, que les roulis d'un couffin à voiles de caravelle font vomir, cracher, hurler, et surtout, pleurer. Ah, l'enfance de l'Art ! Art du biberon, de la couche-culotte, du roupillon entre deux tournées, dans les bars de Saint-Germain-des-Prés.

Art aussi du clochard, cuvant sa vinasse et ses rêves sans lendemain, recroquevillé dans un landau. Masque après masque, le temps passe. L'embarquement pour la Vie et ses frontières sociales, zigzag entre les files d'attente.

Sors ton ticket pour voyager, sinon...

Révolte ! Un masque prend enfin la parole. Au théâtre, ils ont des trous noirs à la place des yeux, et des figures de poupées en porcelaine, blanche.

Ouvrir la scène sur un paysage mécanique, partitions d'êtres en soi, de marchandises vécues.

Artistes-dockers, adossés à la mer, là-bas...

Verbe en chantier ou vergue haute, tout est étudié au millimètre près.

Des vagues et des hommes, jetés comme des animaux, en fond de cale.

Remous des champs de houblon, se débinant au firmament.

Le calme après la tempête, un silence. Débarquement. Le héros va son bonhomme de chemin, plus loin.

Cœur d'artichaut qu'on opère, à poil.
Circulez, on ferme boutique !

Squames de peau rouge ou fleurs de coquelicots, qu'on peut suivre à la trace.

Les masques tombent... sauf le dernier, en coulisses comme il se doit, il attend son heure ou le scalpel du taxidermiste.

Mésange décapitée.

Le temps s'arrête.

Et, quelle que soit la formule, on reste muet sur son passage, la Mort.

Table